七色の毒

刑事犬養隼人

中山七里

角川文庫
18969

目次

一　赤い水

1

「もう帰っていいよ」

沙耶香《さやか》の声はひどく尖《とが》っていた。

自分の娘でありながら何を考えているのか分からなくなって久しいが、不機嫌な声であることぐらいは分かる。このまま居座ったら更に機嫌が悪くなるのも経験則で分かる。犬養隼人《いぬかいはやと》は椅子に掛けてあったジャケットを摑《つか》んで立ち上がった。

「……また来るから」

最後にそう話しかけたが沙耶香の返事はなかった。病室のドアを閉める寸前に振り向いたが、ベッドの上の娘は見向きもしない。

父娘《おやこ》らしい会話を期待した訳ではなかったが、十五分のうちに交わした言葉がたったの三言とはあまりに情けない。これがいつもの容疑者相手なら、供述調書十枚分は楽に埋まっているものを。今までも女にはいろいろ手痛い仕打ちを喰《く》らったが、これは最悪のレベルに属する。

都内でも節電が叫ばれている折りだが、医療機関は対象外なので廊下も充分に冷房が効いている。あと一時間ほどで消灯時間だが、それでも五月の温《ぬる》い雨でむっとする外を思うと、もう少し中に留《とど》まっていたい。

ロビーの受付で今月の入院代を精算する。別れて暮らしていても、毎月の養育費と治療代を払うのは離婚調停の際の取り決めだった。

呼び出しを待つ間、ソファに座って何気なく備え付けのテレビに目を向ける。

『ただ今入ってきたニュースです。さきほど午後八時二十分ごろ、中央自動車道高井戸《たかいど》インターチェンジ付近で走行中の高速バスが防護柵《ぼうごさく》に激突。乗員乗客に死傷者が出た模様です』

画面には雨の降る中、防護柵の継ぎ目に刺さる形で車体左側を原形なきまでに破壊されたバスが大映しになっていた。まるで紙細工のような破損状況は衝突時の凄《すさ》まじさを物語っている。

バスを運転していたドライバーは軽傷らしく、救急隊員に付き添われながらも自力で立っていた。

『すみません！　すみません！　本当に、大変なことを』

明瞭《めいりょう》に謝罪の言葉を口にし、深々と頭を下げていた。おそらく病院に搬送される前にテレビ局のクルーが間に合ったのだろう。事故直後、当事者の生の声がニュースで流れるのは異例だった。

道路を流れる雨に赤茶色が混じっている。朝方からの豪雨で片側の崖《がけ》から赤土が流れ出しているのだ。カメラマンは意識していないだろうが、その赤い水は事故現場に凄絶《せいぜつ》な彩りを加えていた。

ドライバーにカメラの焦点が合う一方、その周辺では合羽《カッパ》姿の交通捜査課員たちが地べたを這《は》い回っている。

日曜日だというのにご苦労なことだ——。

犬養はその中の一人に目を留めて、おやと思った。

見覚えのある男だった。

その時、不意に玄関が騒がしくなった。

甲高いサイレンが鳴り終わると、救急隊員たちがストレッチャーを引いて入って来た。一組だけではない。三人、四人——ストレッチャーに乗せられた人間が次から次に運び込まれ、ロビーは俄《にわか》に騒然とした空気に包まれた。

怪我の程度にはばらつきがあり、両足を包帯で覆われている者もいれば、額に絆創膏《ばんそうこう》を貼っただけの者もいる。どこで待機していたのか、十人以上の看護師たちがストレッチャーの後に続く。

そう言えば、この病院は高井戸インターチェンジに近い。連なる急患たちの群れはバス事故の被害者である可能性が高い。

犬養は運ばれていく怪我人たちの顔を流し見る。その中には二十代後半から三十代の女性たちの姿が見られた。高速バスは安価であるのと引き換えに長時間の乗車を余儀なくされるので、いきおい夜の便は若年層で占められると聞いたことがある。

急患たちが運び去られた後、一階ロビーは静寂を取り戻しつつあった。犬養は再びテレビ画面に視線を移した。

*

「本当に申し訳ありません。亡くなった方と怪我をされたご乗客には何とお詫《わ》びすればいいか」

バス運転手、小平真治《こだいらしんじ》は先刻からその言葉を繰り返していた。運転ミスについて一言の弁明もせずひたすら謝り続ける男は、責任回避を決め込んだバス会社社長よりはるかに真摯《しんし》な態度に見えた。免許証では二十九歳となっており、実物がそれより幼く見えるのは不安に苛《さいな》まれているせいだろう。

だが、真摯であるからといって死者が甦《よみがえ》る訳ではない。蓬田晃一《よもぎだこういち》はそれを思って内心で溜息《ためいき》を吐く。バスに乗っていた乗客は九名。うち八名が重軽傷を負い、六十歳になる多々良淳造《たたらじゅんぞう》という男性が亡くなっているのだ。

事故が発生したのは昨夜八時二十分、高井戸インターチェンジを過ぎて間もない地点だった。口さがない同僚の中には、一般道での事故なら高井戸署の管轄だったのにと愚痴る者もいて、確かに雨中での事故処理は交通鑑識を含めて鬱陶《うっとう》しいものだが、少なくとも蓬田は警視庁交通部の管轄で良かったと思っている。高井戸署の交通課には知った顔の捜査員がいて、自分では密《ひそ》かに敵愾心《てきがいしん》を抱いている。

事故の起きた路線は岐阜県可児《かに》市と新宿間の三百五十キロを中央自動車道で結ぶもので、朝夕を二往復している。小平が運転していたのは夕方の便で、新宿には午後八時五十分に到着する予定だった。

「事故の瞬間をもう一度、答えてください」

これでもう三度も同じことを訊《き》くことになるが、敢《あ》えて質問を重複させているのは、事実確認に齟齬《そご》がないかどうかを調べるためだ。人間の記憶は曖昧《あいまい》であり、事故発生直後と経過後で証言内容の違うことがままある。問題は事故直後だからといって正しいとは限らないことで、そのために同じ質問を何度もする必要が出てくる。

だが小平の回答にはブレがなかった。

「居眠りを、していました」

申し訳なさそうだが澱《よど》みのない口調だった。

「可児市を出て、土岐《とき》ジャンクションを通った時にはもう眠気を感じていました。この路線では途中で神坂《みさか》、諏訪湖《すわこ》、談合坂《だんごうざか》のサービスエリアで十五分から二十分の休憩を取るのですが、その休憩時間中はずっと仮眠していました」

「三回も仮眠を取ったのに、それでも居眠りを？」

「八王子《はちおうじ》を過ぎてからはほとんど記憶がありません。事故の瞬間も何も憶《おぼ》えていないんです。ハンドル操作した記憶もないんです」

小平の供述内容は既にウラが取れている。蓬田たち交通捜査課は現場にタイヤ痕《こん》がないことを確認している。運転者は前方に障害物を認識すればハンドルを切るかブレーキを踏むのが自然だ。ところが事故車はタイヤ痕も残さないまま防護柵の角に激突しているので、小平の供述には何ら疑義を差し挟む余地がない。

更に交通捜査課は小平に対して薬物の摂取を疑い直ちに薬物検査を行ったが、その体内からは如何《いか》なる反応も検出できなかった。

「前日、夜更かしでもしましたか」

「いえ、平常日は朝七時起床、夜は遅くても零時には寝るようにしています。高速バスは連続長時間勤務なので間は二日間空け、業務の前日は特に睡眠不足がないように心がけているんです」

この時の宿泊先がたとえばホテルであった場合、睡眠時間は確保したものの寝つけなかったという可能性もある。だが、小平の宿泊先は可児市にある寮の自室であり、その可能性は否定された。

「疲れたという自覚症状はありましたか」

「いえ。さっき言いました通り、間に二日間の休暇もあったし……」

「通院歴などは」

「去年の暮れに軽い風邪をひきましたが会社の常備薬で治ってしまって……最後に病院に行ったのは去年六月の定期健診です」

「その健診結果はどこに？」

「取り決めで会社に保管してあると思います」

これは後で会社から提出してもらうという方法があるが、新たな発見はあまり期待できない。ナルコレプシー（睡眠障害）やてんかんの症状が報告されているとしたら、元より会社がこの男を乗務させるはずがない。また百歩譲ってそういう症状であると報告された診断書があり、会社が故意にそれを握り潰《つぶ》していたとしたら会社保管の書類は改《かい》竄《ざん》されている惧《おそ》れがある。健診が昨年分であるなら医師法でカルテの保管は義務付けられているので、担当医師から直接入手すべきだろう。

夕方になると、小平の勤務先に出張っていた錦野《にしきの》が帰って来た。

名濃《めいのう》バス株式会社は多治《たじ》見《み》市に本社があった。往復するだけで一日仕事だが、会社の関与も明確ではない今の段階で東京まで呼びつけることはできない。

「首尾はどうだった」と問うと、錦野は鞄《かばん》からA4サイズの書類を抜き出した。

「ちょうど中部運輸局の特別監査が入ったところだったんです」

「何だ。かち合ったのかよ」

「まあ、訊くことも見せてもらうものも重なってましたから都合がいいっちゃいいんですが」

錦野は抜き出した書類を机の上に並べる。運行指示書、乗務記録、乗務員台帳、そして小平の定期健診記録――。

「国交省規則で作成が義務付けられているものは全部揃ってますね。乗務前の点呼もちゃんと実施したようです」

蓬田はそれぞれを繰って内容を確認してみた。確かに錦野の言った通りであり、手書きの記載部分を子細に見ても改竄したような痕跡は認められない。

「定期健診は本社の近くにある総合病院でしていました。照会かけておきましたから、じき現物が届くはずですが、そっちの写しを見たところ、何も引っ掛かる箇所はないですねえ」

定期健診記録にも目を通す。成る程、視力・聴力を含め運転業務に差支えがあるような異状はどこにも見当たらない。持病もない。

「ぱっと見、業突く張りの社長で、最初の報道でもウチは違法なことは何もやっとらんと胸張ってましたからね。化けの皮剝《は》がしてやろうと意気込んでたんですが、豪語しただけのことはありました」

「乗務要員は足りていたのか」

「名濃バスは全部で三本の高速路線を持っています。これが乗務予定表ですが」と、最後の一片を指し示す。

「朝夕で二往復を十二人で回しています。つまり三日に一度の乗務ですからあながち過剰勤務とは言いづらいでしょう」

「だが遡《さかのぼ》ってみると毎週日曜の夕方は必ず小平の順番になっている。三日に一度の乗務なら一週間に一日ずつ曜日がズレていくはずじゃないのか」

「ああ、それは俺も気づいて運行管理をやっている高瀬《たかせ》という社員に訊いたんです。そしたら日曜日は家族持ちが休みたがるので独身の小平に振ってたらしいですね。それでも中休みが二日以上になるように調整しているとのことでした」

数えてみると、確かに一ヵ月間に十日の乗務になっているので帳尻《ちょうじり》は合っている。やはり運転の疲れが溜《た》まるような勤務形態ではなさそうだ。

「だから、この事故を会社の勤務状況と絡めて送検するのは少し無理があるんじゃないかと思います」

特段の持病もなし、過剰勤務でもなし。そうなると小平の居眠りは恒常的なものではなく、事故当日にたまたま眠気が襲っただけという結論になる。

もちろん、それは誰にでも有り得る話で珍しいことでも何でもない。春先は特にそうだが、今の時期でも不意に睡魔に襲われることがある。前日に充分な睡眠を取っていても体調が万全であっても、それは突然やってくる。

問題は小平本人にではなく、事故を扱う側にあった。多々良とその遺族、負傷した被害者、マスコミ、報道を見聞きした者、そして事故を担当する警察官たち——。死者まで出した事故の結果と運転手の単なる居眠りという原因があまりに釣り合わない。人の死や重大事故に意味があるのなら、その原因にも納得せざるを得ないような深さが必要だ。そうでなければあまりに即物的に過ぎる。

交通捜査課に配属されてもう五年になる。新人の錦野からはまるで生き字引の扱いを受けているが、その字引の隙間には数多《あまた》の犠牲者が転がっている。ここ二、三年の交通事故死者数は年間四千人から五千人の間で推移しているが、自分が警察官になった年は九千人を超えていた。交通戦争と言われて久しいが、その状況が緩和されたとはいえ戦争状態であることに変わりはない。原形を留《とど》めている死体はまだ上等の部類で、四肢が千切れたもの、腹の内容物がアスファルトに四散したもの、上半身がミンチ状になったもの。数え上げればきりがない。

そしてその被害者たちに思いを馳《は》せた時、その死が軽々に扱われることだけは避けたいというのが蓬田の偽らざる心境だった。

2

交通捜査課にその客が現れたのは翌日のことだった。来客の報《しら》せを受けて蓬田が受付に行くと、待っていたのは意外な男だった。

「犬養じゃないか！」

「よお、元気そうだな」

犬養は屈託のない顔で笑った。同性としていささか引け目を感じるが、嫌味のない男ぶりの良さは相変わらずだ。以前、本人から聞いた話では、警察の採用試験を受ける寸前まで俳優養成所に通っていたということだが、いっそそちらの道を歩んだ方が良かったのではないかとさえ思える。

犬養とは警察学校で同期だった。最初の配属先も同じで、武骨な自分と社交性が服を着て歩いているような犬養とは性格がまるで逆だったが、そのせいで妙にウマが合った。二人が警視庁のそれぞれ別部署に転属してからは疎遠になったものの、ハガキのやり取りは欠かしたことがない。

「それにしても捜査一課が今日はいったい何の用だい」

「単なる野次馬さ。高速のバス事故、お前が担当しているんだろ。ニュースで見たよ」

ああ、あれを見ていたのか、と思った。だが実況見分の時は合羽《カッパ》を着ていたのによく分かったものだ。そう言えば警察学校の頃から、この男の観察眼には驚嘆すべきものがあった。

「事情聴取は終わったのか」

「まあ、ひと通りはな」

「で、どうなんだ。やっぱり過労による運転ミスなのか」

「いや、それがな」

蓬田は取調室でのあらましを説明する。

「何だ。それなら常態的な睡眠不足とかじゃなく、本当に間の悪いような居眠りってことか」

「本人の供述と医者の診断結果を信じればそういうことになる」

ふむ、と呟《つぶや》いて犬養は考え込んだ。

「……気に入らないって顔してるな」

「もう一つ教えてくれ。事故の状況だ。ニュースで見る限りバスはえらく大破していたが、それにも拘《かか》わらず死者は一人だけだったというじゃないか」

確かにあの事故車の有様を見れば死者一名というのは軽微な印象を受けて当然だろう。

「防護柵《ぼうごさく》の継ぎ目には大抵隙間が空いている。問題のバスはその継ぎ目に対して左側から衝突している。だからバスは車体左側を大破している一方、右側は原形を留めている」

話しながら、蓬田の脳裏には事故当日の現場の様子が克明に描き出される。バスの左側は紙のようにひしゃげ、座席のほとんどがアスファルトの上に投げ出されるか露出しているかだった。

「バスの座席構成は右側二席に左側二席。死んだ多々良という爺《じい》さんは2A、つまり前から二番目の窓側に座っていたからひとたまりもなかった。ちょうど防護柵の角が真正面に迫ってくるイメージだな。本人にしてみたら、さぞかし恐ろしい光景だったと思うよ」

「左側の他の乗客はどうだった」

「乗客は全部で九名。左側座席には彼の他に二人いたが、いずれも最後列で最悪の事態は免れた。言い方は悪いが、死神は多々良をピンポイントで狙ったとも言える。その席は爺さんの指定席だったからな」

「指定席？」

「高速バスを利用したことはあるか。あれは予約制でな。人気の路線は半月前にほぼ全席が予約で埋まるらしい」

「つまり、その2A席は本人が希望して購入した席だったんだな」

「ああ。提出された乗務記録に乗客名簿の形で記載されている。運転手はバスを発車させる際、その乗客名簿と照合して予定通りに席が埋まっていることを確認する訳だ」

犬養は説明を聞き終わっても尚《なお》、合点のいかない様子だった。

「なあ、また連絡していいか」

「……いったい何がそんなに気に食わないんだ？」

「事故直後、本人がカメラに向かって謝罪するのを見た」

「それがどうした。非難するようなことじゃないだろ」

「運転手、小平といったか。見ていて違和感を覚えた」

「違和感？　あんな事故を起こしたんだ。謝るのは当然の行為だろう」

「小平は運転中に居眠りをしていて、事故発生の直後まで記憶が飛んでいたんだよな」

「ああ」

「居眠り途中に防護柵にバスが激突。その瞬間に目が覚める。気がついてみればバスは大破、乗客は負傷。そうこうするうちに高速隊は来る、交通捜査課は来る、救急車も来る。被害の全貌《ぜんぼう》はまだ知る由もない。死者も出ているかも知れない。自分はどんな風に責任を追及されるのか。会社は自分をどう扱うのか。そしてテレビカメラの砲列が並ぶ正面に立たされる……お前だったらそんな時、まともに対処できるか？　大抵の人間は慌てふためき、まともに喋《しゃべ》れないんじゃないのか」

蓬田の頭に、小平の童顔が浮かんだ。

「それなのに、だ。あの小平という運転手は開口一番に謝罪した。言いよどむことも悪びれることもなく、明瞭《めいりょう》に、一言一句、はっきりと喋った」

「お前は、あれが事故じゃなかったと言いたいのか」

「そうは言ってないさ。だが、あの喋り方は突発的な事故を引き起こして狼狽《うろた》える人間のものじゃない。あれは前もってそうなることを予測できた人間の口調だ」

論理的な根拠とは言いかねた。人間観察は独善的ですらある。それでも、この男の口から出る言葉には不思議な吸引力があった。

邪魔して悪かった、と残して犬養が出て行くと、ちょうど直属上司の田所《たどころ》警部とすれ違った。

田所は犬養の姿を確かめるようにわざわざ振り返った。

「おい。今の、一課の犬養じゃなかったか」

「ええ」

「何の用事で来ていた」

「警察学校の同期で、自分に会いに来てたんですが……どうして知ってるんですか、あいつのこと」

「そりゃあ有名人だからな」

意外な知名度に少し驚いた。警視庁本部の職員数は七千名を超える。同じ部署ならともかく、他部署にまで名前が轟《とど》くのは警視正くらいのものだ。たかだか巡査部長で名を馳せるとしたら、よほどの美名かよほどの悪名でしか有り得ない。

「有名、なんですか」

「ああ。だが交通部の方までは噂が届かないな。実は俺も刑事部の知り合いから聞いた」

田所は煙たそうな目で犬養の消えた方向を見やる。

「本当に話をしに来ただけか。まさかウチの事案に首突っ込んでるんじゃないだろうな」

ここで肯定する訳にもいかず、犬養の突っ込み具合も分からないので、蓬田は首を横に振る。

「そんならいいんだが」

「あの……あいつは、どういうことで有名なんですか」

「妙な男でな。あんな男前だからいくらでも女騙《だま》せそうなのに、逆に騙されてばかりなんだよ。あいつが見過ごした女のホンボシを他の刑事が挙げたって事件が山ほどある。どうもな、取調室で真正面からうるうる見つめられるとコロッとやられるみたいだ。だから知ってる奴らの間じゃ〈無駄に男前の犬養〉で通ってる」

「……あまりいい噂じゃないですね」

「話は最後まで聞け。そんな風に女にはよく騙されるが、男には絶対騙されないのさ。目の動き、唇の動きを見ただけで嘘を暴く。野郎の犯人に限るんなら検挙率は本庁でも一、二を争うって話だ」


視覚効果というのは大したもので、名濃バス衝突事故はバスの破損状態の派手さも手伝ってしばらくマスコミの注目を浴びた。唯一の死亡者多々良淳造の家族インタビューと葬儀の模様はもちろん、その他の負傷者についても一人一人証言を拾っていく丁寧さだった。

だが、これはマスコミの注目というよりは視聴者の関心に阿《おもね》ったという見方が正しいだろうと蓬田は思った。被害者たちが悲痛な顔を見せるや否や、カメラはアップで捉《とら》えていく。好奇心丸出しのカメラワークはそのまま視聴者の心の動きをなぞっている。

奇妙なことは、皆が被害者たちへの関心を高めるのとは裏腹に小平への興味を薄くしている点だった。

小平真治は岐阜県龍川村《たつかわむら》で高校まで過ごし、他県の大学を出てから岐阜に戻って現在の名濃バスに就職――ニュースの紹介する小平のプロフィールはひどく簡単なもので、それ以上に突っ込んだ内容は報道されなかった。

これは視聴者の視線に立てば納得できることだった。視聴者は自分以外の人間の不幸、自分が悪と認識した人間の没落を希求する一方で、自ら罪を認めた者には寛容なところがある。最初の顔見せで深々と頭を下げた時に、視聴者は我知らず小平を赦《ゆる》してしまったのだ。

事故報道が長引いた理由はもう一つある。名濃バスの事故を皮切りに各地で同様の事故が発生したからだ。相次ぐ高速バスの事故は別の食品被害の報道と相俟《あいま》って、規制緩和の弊害として取り上げられた。

だが、これも毎日アスファルト上の事故を目の当たりにしている蓬田には鼻白む話で、高速バスの事故が続くのは今に始まったことではない。以前から一定の割合で発生しており、交通部の人間にしてみれば特別に新奇なものでもない。それが連続多発しているように見えるのは、ニュース番組が殊更に類似の事故を選択して報道しているからだ。穿《うが》った見方をすれば、報道する側も視聴者に提供するネタが下賤《げせん》であることを承知しているので、それを社会問題という糖衣で包みたいのだ。大義名分さえあれば、どんな破廉恥なことをしても免罪符が与えられると彼らは心底信じている——日頃から記者たちの明け透けな目を見ている蓬田には、そんな風にしか見えなかった。

　すると案の定、マスコミの論調はハンドル操作を誤った運転手本人よりは、本人に過酷な労働を強いるバス会社と旅行会社への非難に傾いてきた。より安い発注条件を提示する旅行会社に逆らえず、人件費の削減で対処するバス会社という構図だ。結局そのしわ寄せが末端従業員の過剰労働に繋《つな》がるという図式は分かり易く、そして大衆に訴えかけるテーマとしては適度に重く適度に軽かった。

　ただしマスコミが事故を大きく扱ってくれたお蔭《かげ》で、蓬田にとって都合のいいこともあった。

　本来、事故の当事者以外を呼び出すことはできないが、バス事故が全国の耳目を集めてしまった負い目があるのだろう、蓬田が会社に事情聴取の出頭を求めると、担当者が二つ返事で承諾を寄越《よこ》してきたのだ。

　男が差し出した名刺には〈名濃バス株式会社運行管理係　高瀬昭文《あきふみ》〉とあった。

「この度は弊社の従業員がとんだことを……」

　高瀬は額が机につかんばかりに頭を下げた。事故発生当時、社長の口にした責任不在が各方面から反感を買ったため、結局その下にいる者は尚更頭を下げざるを得なくなっている。これも宮仕えの悲哀というものか。

そういう事情もあって高瀬は終始平身低頭の体《てい》だったが、元々小心者なのだろう。机の上に置いた指先はずっと小刻みに震えていた。

「社長は会社の運営自体に何ら落ち度はないと申しました。わたしもそれは否定しません。ただ、法律さえ遵守していればそれで良いのかと言われると辛《つら》いものがあります」

「法律の範囲内であっても、夜の長距離運転はやはり激務ですか」

「慣れた者でも、全く眠らずに連続運転できるのは四百キロ程度ではないでしょうか。小平も慢性の睡眠不足ではなかったにせよ、疲労が蓄積していたのかも知れません。こんなことになるなら乗務員をもう一人つけてやるべきでした」

高瀬の言葉に蓬田は深く頷《うなず》いた。蓬田も休日はよくクルマを走らせることはあるが、ぶっ通しで四百キロを走れと言われたらあまり自信がない。

「これは弊社だけではなく、ほとんどのバス会社が右へ倣えなのですが、一日の運行距離が六百七十キロを超えないと交代乗務員をつけないのです」

蓬田はこれにも頷く。高瀬の言う運行距離の上限が六百七十キロというのは国交省の出した指針によるものだ。この数値については二〇一〇年に総務省から見直しを勧告されていたが、国交省は特に問題視していなかった。

そして多くのバス会社はこの指針を逆手に取り、可能な限り乗務員の数を減らして人件費の削減に励んでいるのだ。

「小平さんの勤務態度はいかがでしたか」

「彼は至って真面目な男で……長距離運転の前日には摂生した生活を心がけ、アルコールは一切口にしませんでした。薬の副作用で眠くなるといけないからと、風邪の予防にも腐心していたくらいで」

「お詳しいですね」

「彼とは同郷のよしみで、よく話しました。だから真面目で礼儀正しい好青年であることはわたしが一番承知しています。その彼があんな事故を起こすんです。全く、間が悪かったとしか言いようがありません」

訊《き》きながら、蓬田は犬養から示唆された小平の人物像と現実のそれがどんどん乖離《かいり》していくように思えた。蓬田自身も本人と話をしているが、その第一印象は高瀬の証言を聞くにつれ色濃くなるだけで、小平の誠実さと善良さが強調される一方だ。

「乗務記録を過去に遡《さかのぼ》って拝見しました。亡くなった多々良さんはいつも2Aの席を予約されていたんですね」

「2Aは激安チケットなんです」

「激安？」

「新宿から可児市まで通常料金は六千円なのですが、予約割引ということで三週間以上前にご予約いただいたお客様一名に限り二千五百円で販売しております。それが2Aの席になります」

「ほう。二千五百円とは安いですね。さぞかし競争率も高いでしょう」

「お蔭様《かげさま》で。ですから直前のキャンセルを防ぐためにネット予約は不可にし、営業窓口での購入を条件としております。多々良様は予約開始のその日には一番に窓口に来られていたらしく、2Aは多々良様の専用席になった感がありますね」

この件に関しては、多々良の勤務先から得た証言と符合する部分がある。多々良は十年前、都内の帝京軽金属株式会社に中途入社したが、六十歳で定年を迎えて嘱託扱いとなり、収入が半減してしまった。単身赴任の身の上であり、週一度は岐阜の自宅に新幹線で帰っていたのだが嘱託扱いでは帰省旅費も支給されず、この春からは高速バスを利用するに至った。薄い財布の持ち主としては、片道二千五百円のチケットは早起きしてでも手に入れなければならないものだったのだろう。

「しかし、乗客が九人しかいなかったのは不幸中の幸いでしたね。あなたの会社にとっては痛し痒《かゆ》しでしょうけど」

「いえ、高速バスは帰省するお客様が多いために金曜の夜から日曜の朝がピークでして。日曜夕方便は元々空いている座席の方が多いんです」

言い換えれば予約の激安チケットに拘《こだわ》らなくても乗車は可能であり、正規料金との差額三千五百円をケチったがために多々良は命を落としたことになる。死者には失礼だが何とも安い命だ。

「これは絶対に公にできない話なのですが……」と、高瀬はオフレコを前提に打ち明けた。「もしもお客様全員がシートベルトをされていたら、と思わない日はありません。

事故の状況から、衝突面の至近距離にいらっしゃった多々良様はともかく、その他の方々はもっと軽傷で済んだはずです。高速バスは長時間なので仕方がないと言えば仕方がないのですが、お客様のほとんどはシートベルトなど着用されません」

その口惜しげな口調がいつまでも蓬田の耳に残った。

3

犬養の指摘を上司に打ち明けないままでいると、交通捜査課では小平を自動車運転過失致死傷罪で送検する気配が濃厚となってきた。

もちろん、より重罪である危険運転致死傷罪の適用も討議されたが、元より居眠り運転や持病を有する状態での運転は構成要件に含まれていないので、この案はあっさり流れた。

刑法二一一条二項　自動車の運転上必要な注意を怠り、よって人を死傷させた者は、七年以下の懲役若しくは禁錮《きんこ》又は百万円以下の罰金に処する。ただし、その傷害が軽いときは、情状により、その刑を免除することができる——。

自動車運転過失致死傷罪の条文を読めば読むほど、当該事案に合致している。しかも被疑者小平真治には飲酒癖もなければ小さな違反記録もない。逮捕後の態度も真面目で謝罪の意志は事故直後からアピールしている。優秀な弁護士なら情状酌量を引き出すのはさほど難しくないだろう。

犬養の意見はともかく、蓬田自身もその罪状で妥当ではないかと思った。交通事犯の法定刑は悪質な事件が増えるに従って加重されてきた歴史を持つ。これは言い換えるなら、従来の適用では罰則があまりに軽微になるような悪質者が後を絶たなかったからだ。だが本事案のように、業務者が高度な注意義務を怠らなかったとしても死傷者の出る場合もある。自動車の安全技術が如何《いか》に発達しようが、運転し操作するのが人間である限り交通事故はなくならない。厳罰化も間違ってはいないが、個々の事件を詳細に吟味することの方がよほど肝要だ。

それに加えて、蓬田は嫌な話を聞いた。

名濃バスが何らかの法令違反を犯していないかを調査する過程で、同業他社のドライバーから事情を聴取したことがある。その時のやり取りが未《いま》だに脳裏を離れない。

そのドライバーはこう言った。

「実際ね、一日の運行距離の上限が六百七十キロなんて数字が異常なんですよ。嘘だと思ったら刑事さんも深夜に六百七十キロを運転してみればいい。絶対に途中でへたばるから」

「そうだね。あるバス会社で運行管理をする人も連続運転は四百キロくらいが限度だと言っていた。しかし六百七十キロというのは国交省の出した指針のはずだけど……」

「その六百七十キロの根拠って、知ってますかい？」

「確か、国交省が全国九十二の貸切バス事業者から運行データを抽出、分析した結果……だったな」

「建前はね。だがそれが本当だとしたら、現場の声がまるっきり嘘だってことになる」

「……それはどういう意味だね」

「上限六百七十キロという数字には別の根拠があるって意味ですよ」

「別の根拠？」

「もちろん、これはわたしらドライバーたちの噂話に過ぎんのだけれどね。大阪から東京ディズニーランドまでの距離がちょうど六百七十キロなんだよ」

「まさか。単なる偶然だろう」

「まさかに限って真実ってのは多いんですよ。刑事さんも公務員なら、毎年国交省からトラック協会やら大手旅行代理店に天下りがあるのは知ってるでしょ。もしも、そんなドル箱路線や長距離を一人のドライバーでカバーできるんなら、絶対に会社側は得するよなあ」

「しかし、今回のようにドライバーの過剰勤務が社会問題になれば国交省も数値の見直しを迫られる」

「そうなったらそうなったで、新しい監査機関ができて国交省の天下り先になるだけさ」

吐き捨てるような言葉に反論ができなかった。自身の所属である警察が天下り先を山ほど蓄えているからよく分かる。国民の願い、そしてトラブルと悲劇を自らの利権に転換することでこの国の官僚は勢力を拡大させてきたが、それは今回も例外ではない。

実際、過熱するマスコミ報道と国民の関心が高まったことで、国交省の安全政策課は上限六百七十キロの見直しを検討し始めた。当然この見直しについて、監視体制強化を目的とした新法人を創設する案も付随している。

この決定を聞いたマスコミの反応ほど笑えたものはない。現法の矛盾を指摘し改善させたのは自分たちの力なのだと、まるで鬼の首でも取ったかのような論説が並んだからだ。官僚の掌《てのひら》の上で踊らされていることも知らずに嬉々《きき》として浮かれる様は滑稽《こっけい》以外の何物でもなかった。

老人一人の死、そして生真面目な若者一人の未来を糧にして、またぞろ官僚たちが約束の地を増やしていく。それがこの国の形だと言われればそれまでだが、忸怩《じくじ》たる思いは残る。本当に罪深き者たちをみすみす見逃してしまう口惜しさも残る。今、蓬田にできることがあるとすれば、生贄《いけにえ》にされた若者の罪状を現実に添った妥当なものにしてやるくらいだ。

だから犬養から連絡が入った時も、小平を自動車運転過失致死傷罪で送検する方向だと腹蔵なく伝えた。

途端に犬養の口調が変わった。

『もう供述調書は作成したのか』

「ああ。後は本人に読み上げさせて署名押印させるだけだ」

『そいつは少し待った方がいい』

断定的な物言いが気に障った。だが、ここは冗談として受け流した方がいい。

「おいおい。いくら同期のよしみでも越権行為だぞ」

『同期のよしみだから忠告してるんだ。お前からその送検は取りやめるよう上司に進言しろ』

今度は居丈高ときた。親しき仲にも礼儀あり、という言葉を知らないのか。

「お前が野郎の嘘を見破る名人だという話は聞いたよ。いったいどこで仕入れた特技だ」

『俳優養成所』

「何だと?」

『あそこでは一つ一つの動作がどんな心理に起因したものかを教えてくれる。目が泳ぐ時、斜め上を向く時、斜め下を向く時、それぞれに理由がある。天性の嘘吐きか作話症でない限り、必ず動揺が動作に表れる。ポリグラフはその科学的応用だ』

「じゃあ、どうしてお前のその特技は女には使えないんだ」

『女は天性の嘘吐きだからだよ』

「……お前の女性不信はよおく分かった。だが、その言説で送検を取りやめるほど、俺の上司はお目出度《めでた》くない」

『言説だけじゃなかったら説得できるか』

「おい。今度は何を言い出すつもりだ。さっきも言ったが管轄違いだぞ、捜査一課」

『管轄違いじゃないとしたら？』

「えっ」

『今から資料を持ってそちらに行く』

その言葉通り、犬養はすぐにやって来た。ただし俺の同席の下に
「もう一度、小平の供述を取ってくれ。ただし俺の同席の下に」

「よくもそんなことを軽々しく言うな。どうやって捜査一課の同席を上に認めさせるつもりだ」

「いいから早くしろ。後で俺は見学者だとか何とか言いくるめろ。それくらいの信用はあるだろう」

それで褒めているつもりか――文句が出かかったが、どうせ供述調書にはまだ署名押印の手続きが残っている。本人に会う手間は同じだし、犬養の強引さに言葉で抵抗するのは無駄な努力に思えた。

溜息《ためいき》を堪《こら》えながら二人で取調室に入ると、止める間もなく犬養が小平の前に陣取った。

「初めまして。捜査一課の犬養と言います」

「捜査一課？　ど、どうして」

犬養は小平の問いを無視して質問を続ける。

「実家は岐阜県龍川村、でしたね」

「はい」

「ご家族は皆さん亡くなられていますね。それも同じ年に。何があったんですか」

小平は下を向いた。

するとと犬養は机の上にA4サイズの紙片を置いた。新聞の縮刷版のコピーだ。見出しには〈工場廃液で村民多数死亡〉とある。

小平の視線がゆっくりと上がる。

「これは十年前の記事です。岐阜県龍川村にあったアルミニウム工場。その廃液が川に流れ、川の水を生活用水にしていた村民二十五人が鉛中毒で亡くなった。記事の末尾には亡くなった方たちの氏名が列挙されているが……この小平姓の三人はあなたの家族ですね。おそらく年齢から推してご両親と妹さん」

答えはない。

「事件は明るみに出て、直ちに集団訴訟となりました。だが、弁護士の法廷戦術のまずさもあって裁判所に廃液流出と鉛中毒の因果関係を認めてもらえず、原告団は一審二審とも敗訴。上告も棄却されてしまい原告敗訴が確定したが、被告となった企業名がタタラアルミ。代表取締役社長は多々良淳造、当時五十歳」

蓬田は思わず、あっと洩《も》らしそうになった。何とそこで繋《つな》がっていたのか。

「この記事に辿《たど》り着いたのは多々良さんの過去を遡《さかのぼ》ったからです。タタラアルミは刑事罰には問われませんでしたが世間的に信用を失って収益は激減。結果、帝京軽金属に吸収合併されます。社長であった多々良さんはその帝京軽金属にヒラの取締役として迎えられるのですが、社内では冷遇されたようですね。定年時には一般社員と同様、嘱託扱いになったのですから」

「それでも馬鹿な話です」

小平の口から出てきた言葉には呪詛《じゅそ》の響きがあった。

「二十五人もの人間を殺した奴が何で再就職なんかできるんですか」

「事件当時十九歳だったあなたは他県で大学生活を送っていたので災禍を逃れることができた。しかし、連日のようにテレビや新聞で報道されていたから多々良社長の顔は見知っていた。あなたにとっては家族全員を殺した仇《かたき》だ。そしてこの春からだった。あなたの運転する高速バスに、その多々良が乗客として乗り込んで来た」

犬養は畳み掛けるように続ける。耳を傾けるだけの小平は、必死に穴の中に逃げ込もうとしている小動物のように見えた。

「あなたは多々良を知っているが、向こうはあなたが遺族の一人だとは想像もしていない。しかも座っている場所は2A。バックミラーで確認できるどころか、手を伸ばせば届く距離だ。そして事故当日、あなたは計画していたことを実行した。前日まで体調を完璧《かんぺき》に整え、アルコールを断ち、薬品と名のつく物は一切服用せず、法定速度を遵守し、安全運転に努めた。それは事後に検証を受けた際、決して危険運転致死傷罪ではなく、あくまでも自動車運転過失致死傷罪を適用させるためだ」

ああ、と蓬田は合点する。二つの罪状は似ているようで罪科が全く違う。危険運転致死傷罪は致傷に対して十五年以下の懲役、致死に対しては最高二十年の有期懲役。一方、自動車運転過失致死傷罪は七年以下の懲役若しくは禁錮《きんこ》又は百万円以下の罰金でしかも情状酌量の適用幅が大きい。

「あなたにとって都合が良かったのは、左側座席は前から二番目に多々良さんが座り、最後列に二人いるだけだったことだ。どのみち、他の乗客にも被害は及ぶだろうが、この位置関係ならそれも最小限に済む確率が高い。バスを衝突させる場所は決めておいた。そして高井戸インター付近で、あなたは急加速させると車体の左側、つまり多々良さんの正面に防護柵《ぼうごさく》がくるように激突した。つまりこれは事故じゃない。復讐《ふくしゅう》だったんだ」

「い、言いがかりだ。第一、どんな証拠があって」

「証拠？　ふん。そんなものは今からでも探し出してやる。重要なのはな、この事件を殺人罪として再捜査するということさ」

びくり、と小平の肩が上下した。

「故意による殺人。刑法一九九条、死刑又は無期若しくは五年以上の懲役。あなたには動機、チャンス、方法の三つが揃っている。この三つがあれば公判は維持できる」

そう言い放つと、犬養は自分の顔をずいと小平に近づけた。

「だが、その前に事件は俺たち捜査一課が引き継いで徹底的に洗い出す。塵《ちり》一つ、髪の毛一本も見逃すものか。同じ警察でも捜査一課の取り調べはひと味違うからな。覚悟しておけ」

犬養は唇を曲げて笑った。なまじ整った顔はそれだけで凄《すご》みが増した。

そして虚勢を張るには小平は小心に過ぎた。顔が見る間に色を失い、身体は小刻みに震え始めた。

4

「小平真治は全てを自供しました」

犬養は目の前の男にそう告げた。

「この春、最初に乗客名簿を見せられた時にはまさかと思ったそうです。だが2Aに座った客を見て、彼が家族の仇である多々良淳造であることをはっきり確認したんです」

「そんなに……前から」

「ただただ驚いたと言っていました。絶えずバックミラーで彼の様子を探り、寝入った顔を見ているうちにムラムラと殺意が湧いた、とも。お蔭《かげ》で集中力が乱れて運転に身が入らなかったらしいですね。最初はそれで終わった。ところが次の日曜も、そしてまた次の日曜も多々良さんは自分の運転するバスに乗り込んで来た。しかも決まって場所は2A。それが重なるうち、小平は今回の計画を立てるに至った」

「それが本当なら皮肉な話です。殺人の計画を立ててからは、より安全運転を心がけるようになったなんて」

「全くですね。日曜夕方の便は元から乗客数が少なかったのですが、あの日は左側座席に多々良さん以外の乗客がほとんどいなかったので余計に安心したそうです。矛盾するようですが、事故に見せかけた殺人計画なので他の乗客を巻き添えにするしかなかったが、それでもそれを最小限にしたいという気持ちがあった」

「彼はそういう人間でした。基本的には善人なんです」

「善人が無関係な人間を巻き込んだ殺人を計画しますか?」

「どんな善人にも憎しみはあるでしょう」

「これはわたしの持論なのですが、世の中に完全な善人もいなければ完全な悪人もいない。いるのは騙《だま》す者と騙される者だけです」

「彼が人を騙す者と言われることには抵抗を覚えます」

「いつわたしが小平を騙す者と言いましたか。逆です。彼は騙された側の人間です」

「え?」

「いや、騙されたというよりは乗せられたと言った方が正しいでしょうね。事故に見せかけた殺人。そのために小平は思いつく限りの工作を行った。しかし、それらは彼が自発的にした行為のようだが、実はある人間の誘導に他ならなかった。彼はその人物に踊らされていたに過ぎなかった」

「何を仰《おつしや》っているのか、わたしにはさっぱり……」

「あなたが小平に殺人を教唆した張本人だと言っているんです」

その途端、高瀬昭文はじろりと犬養を睨《にら》んだ。

「わたしが、そんな大それたことを？」

「いや、あなたがしたのは決して大それたことじゃなかった。毎回毎回、予約段階で多々良さんが購入するまで2Aの席を確保し、必ず多々良さんにチケットが行くようにした。そして運行管理においては多々良さんが乗る時にはこれも必ず小平が乗務するように調整した。チケットの配付にしても乗務スケジュールにしても、それ自体はひどく些細《ささい》なことでした。だが、それは駒を動かすことに似て、指先だけで戦況を大きく変えてしまうことだった。2Aに座らされ続けた多々良さん。そしてその姿をずっと見続けさせられた小平。あなたは小平が、あなたの思い描いた通りの計画を実行するのをじっと待っていればよかった」

「人形じゃあるまいし。そんなに上手《うま》く人を操れますか」

「家族を殺された恨みつらみは共有していたから、あなたには小平の心境が手に取るように分かったはずだ。彼とはよく話したと言ってましたね。あなたはその会話の中で、何気なく自動車運転過失致死傷罪と危険運転致死傷罪の違いについて説明したのかも知れない。バスの衝突の仕方によってどの席が一番危険なのか実例を挙げて教えたのかも知れない。小平は生真面目で、そして素直な人間です。言い換えれば、あれほど誘導しやすい人間はいない」

「どうして、わたしがそんな真似をしなきゃならないんですか」

「高瀬さん。あなたは小平と同郷だと言われた。調べてみたら確かにそうでした。そして小平と同様、あなたもタタラアルミの廃液流出によって家族を亡くしている。あなたの場合は奥さんと、そして娘さんでした」

家族のことに話が及ぶと、高瀬は不意に口を閉ざした。

「あなたの仕事には乗務記録のチェックも含まれていた。乗務記録には乗客の名前も記載されている。多々良さんが乗客に紛れていることを知ったのは小平よりあなたが先だった。そしてあなたがしたことも小平の心がけたことと同様だった。国交省の指針通り運行指示書を作成し、乗務員台帳を整備し、小平をはじめとした運転手たちの健康管理にも気を配り、決して小平が睡眠不足にならないようにローテーションを考えた。全て、小平が計画をスムーズに実行し、かつ成功した時は自分や会社が何の責任も問われないようお膳立《ぜんだ》てしたんだ」

しばらく沈黙を守っていた高瀬が不思議そうに犬養を見た。

「それが、何か罪になることですか?」

「なりませんね」

犬養はゆるゆると首を振る。

「あなたがしたことは業務上の過失にもならないし、教唆にも当たらない。仮に多々良さんへの殺意をあなた自身が表明したとしても、殺意を裁くことはできない。法律が裁けるのは行為だけですからね」

悔しさを語尾に滲《にじ》ませるが、高瀬は冷笑することも誇示することもなく犬養を見ている。

「法律は殺意を裁けない……本当にそうですね。金儲《かねもう》けのためなら自分以外の生命を蔑《ないがし》ろにする。それだって殺意みたいなものですが、裁ける法律はない。ちょうど十年前、廃液を垂れ流すままにしていたあの男の行為がそれでした」

ひどく淡々とした口調だった。

「被害世帯四十二戸、死者二十五人。それはたった一人の仕業だった。大量殺人の極悪人ですよ。しかし、裁判所が犯罪と認めない限り何の罪にも問われない。あなたの推理が正しいとすれば、わたしはあの男のしたことを真似ただけです」

犬養は高瀬の目を覗《のぞ》き込む。だが、瞳《ひとみ》の動きを見る限り、この男に動揺の色はなかった。

「犬養さん、でしたね。あなた、アルミニウム工場から出る廃液をご覧になったことはありますか」

「いいえ」

「赤いのですよ」

その色が見えるのだろうか、高瀬は宙の一点に視線を定めている。

「赤土よりももっと赤い……そう、泥に血を混ぜたような色です。鉛以外にも腐食性の高い毒物を含んだ赤い水。汚染された川の生物は全滅しました。その水を田圃《たんぼ》に引き込んでいた農家も全て廃業です。あれはひどい悪臭でしてね。以来、赤土を見るだけで悪臭を嗅《か》いだような気になる」

そして、ついと犬養に視線を戻した。

「わたしも会社の人間として事故処理の現場に立ち会っていました。多々良の死体が放り出されていた場所には、崖《がけ》の赤土が流れ出て川を作っていた。わたしには、それが工場の廃液に見えて仕方なかった」

「まさか天の裁きだとでも言うつもりか」

「いいえ。あの男は確かに人の恨みを買って死んだのですよ」

「多々良にも残された家族があることを考えなかったのか？」

「わたしはあの男を真似た。多々良だって人の家族のことなんて毛先ほども考えなかったでしょう」

「さぞかし得意だろうな」

「いえ」

乾いた声が返ってきた。

「多々良と同じことをした以上、わたしも鬼畜に成り果てたのです。それが愉快なことだと思いますか。きっとわたしも碌《ろく》な死に方はしないでしょう」

これ以上、話すことはもうなかった。

犬養は無言のまま、会社事務所のドアを開けた。

最後にちらとだけ振り向くと、高瀬は安手の事務机に座って彫像のように動かなかった。

二　黒いハト

1

雅也《まさや》が自殺した日から、ちょうど一週間が経った。

東良春樹《ひがしらはるき》は教室の窓から、雅也が激突した校庭の地面をじっと見ていた。あの日、あそこには有り得ない方向に身体を曲げた雅也の死体があった。出血はさほどなかったが、頭の下に血溜《ちだ》まりがあった。その光景は今でも脳裏に焼き付いている。

「あのさ」

気がつくと、真横に希美《のぞみ》が立っていた。

「気持ち分かるけどさ、もう自分責めるの、やめなよ」

何羽かのハトの群れが地面を啄《ついば》んでいる中に黒いハトが一羽交じっている。そう言えば、黒い羽のハトもいるのだとテレビで誰かが喋《しゃべ》っていた。

「たった一人の親友だったから当然かも知れないけど、今の春樹を見たら雅也くんだって悲しむよ」

「たった一人の親友だったのに護《まも》ってやれなかった」

春樹は寂しそうに笑った。

「僕は、最低の友達だ」

するとと希美は顔をくしゃくしゃにしたかと思うと、俯《うつむ》いたまま春樹の胸を叩《たた》いてこう洩《も》らした。

「畜生……あの野郎、絶対許さない……」

誰を、とは訊《き》くまでもなかった。


保富《ほどみ》雅也が日沢《ひさわ》中学校の屋上から飛び降りたのは六月十日金曜日のことだった。昼食時間が終わる寸前、立入禁止だった屋上入口に掛けられたチェーンを切り、衆人環視の中で身を投げたのだ。

即死だった。

直ちに所轄の高輪《たかなわ》警察署が出動して現場検証を行った。屋上の様子を目撃していた者はいなかったが現場には争った形跡もなく、また雅也は飛び降りる寸前、母親の携帯電話に遺言と思《おぼ》しき声を残していたことから高輪署は事件性なしと判断した。

だが事件はそれで終わりではなかった。少なくとも日沢中学の関係者にとっては始まりの終わりに過ぎなかった。

雅也の死について学校側は当初から事故として処理していたが、春樹を含めて多くの生徒がそうではないことを知っていた。

そして事件の起きた翌日に全校集会が開かれた。最初に岩隈信夫《いわくまのぶお》校長から事件の経緯が説明され、「決して動揺しないように」「保富くんは家庭内のことで悩みがあったらしく」「興味本位のマスコミの取材には絶対応じないように」「皆さんも悩みがあるのなら必ず担任の先生に相談を」と話を締めかけたところで、生徒の中から手が挙がった。

春樹だった。

「今の説明は違うと思います」

「……どういう意味だね」

「雅也とは同じクラスにいたから知っています。雅也が死んだのは家の事情じゃありません。学校内で、イジメに遭って、それに耐えられなくなって自殺したんです！」

「根も葉もないことを言ってはいけません。調査はまだ終了していないが、当校にイジメなど存在しない。保富くんはあくまでも家庭の問題で」

「わたしも、違うと思います」

離れた場所で一人の女子が声を上げた。

「イジメは、ありました」

それがきっかけになった。

「取材に応じるなって何ですか、それ。そんなにイジメがあったのを知られるのが嫌なんですか」

「雅也くんが数人のグループにイジメられていたのは、担任の八神《やがみ》先生も知っているはずです」

　岩隈校長がいくら否定しても、次から次へと雅也へのイジメを目撃したという生徒が手を挙げ出した。終《しま》いには学校側の態度を非難する声があちこちで上がり、集会は収拾のつかない状態となった。生徒からそんな反応が起きるとは想像もしていなかった様子の岩隈校長はあたふたと閉会を告げ、逃げるようにして壇上から下りた。

　学校側はそれで幕引きをしたかったのだろうが、生徒から話を聞いた保護者たちが黙ってはいなかった。電話やメールで事実解明を求める声が殺到し、中には直接学校に怒鳴り込む親もいた。非難の声に押し切られる形で学校側が行ったのがイジメに対する全校アンケートだったが、これが更なる非難を浴びる結果となった。全校生徒五百二十人から集めたアンケート結果を公表せず、事件当日からの経緯を教育委員会に報告しなかったことが発覚したのだ。

　慌てた岩隈校長は事態の収拾を図るべく、雅也の両親と面談した。だが、事態の収拾と我が身の保身を取り違えた岩隈校長は両親に対して愚かにも、「雅也くんの死は不慮の事故として欲しい」と申し入れたのだ。

　激昂《げっこう》した両親は翌日、高輪署に被害届を提出し、これによって雅也の死と学校側のイジメ隠蔽《いんぺい》がマスコミに知られることとなった。

「まあ、保富のことは一刻も早く忘れろや。お前らも来年は高校受験だ。こんなことで時間食ってたら損だぞ」

教壇の八神が気軽な口調でそう言った途端、教室の空気が不穏なものに変わった。

この一週間で、生徒たちは岩隈校長をはじめとした教員たちが如何《いか》に保身的で、如何に小狡《こずる》いかを目の当たりにしてきた。その上、担任教師は空気も読めない馬鹿だった。

一度堕《お》ちた権威と信頼は徹底的に蔑《さげす》まれる。そして自分たちの権威を空気のようにしか感じられなかった教員たちは、そんな簡単な道理すら知らなかった。

最初に狼煙《のろし》を上げたのはやはり春樹だった。

「それ、雅也の両親に言えますか」

ぴくりと眉《まゆ》を上げた八神が何か言おうとする前に、他の生徒から援護射撃が放たれた。

「ざけんなよ、八神。えっらそーに」

「人の進路、とやかく言える資格なんてあるのかよ」

「雅也のこと、一刻も早く忘れたいのはテメェの方じゃねーか」

「最っ低」

「帰って辞表書いとけー」

一気に教室は怒号の嵐となった。八神が躍起になって収めようとするが、既に権威の失墜したことを自覚していない者の声をまともに聞く生徒は皆無だった。

そして春樹がとどめを刺した。

「僕、雅也から聞きましたよ。イジメられてるの先生に相談したって。そしたら先生、お前だけが我慢すれば済むとか、どうしても耐えられないんなら転校しろとか言ったんでしょ」

春樹の言葉が火に油を注いだ。

「何だよ！　それ」

「結局雅也、見殺しにしたのお前じゃん！」

「よく学校に来れたもんだよな！」

「もう死んじまえよ、馬鹿！」

「人殺し！」

耳を聾《ろう》せんばかりの罵倒《ばとう》が飛び交い、教室は一触即発の状態になる。危険を感じたらしく、八神は「自習っ」とだけ言い捨てて教室を飛び出して行った。権威を失墜させられた者の逃げ際は尚更《なおさら》無様に映った。

糾弾相手がいなくなると、いくぶん生徒たちは落ち着いた。後には興奮と憤怒《ふんぬ》の残滓《ざんし》が温《ぬる》く漂っていた。そして全員の目がゆっくりと一人の男子生徒に向けられた。

視線を浴びた主、影山健斗《かげやまけんと》はじろりと周囲を睨《にら》み回すと、ふんと鼻を鳴らした。クラスで一番上背があり口よりも手が早い健斗は、座っているだけで威圧感がある。

「授業潰《つぶ》れて良かったよな」

不敵に笑いながらそう言った。

「あいつでも役に立つことあったんだな。死んでくれて大正解だ。な、そうだろ？」

音を立てて希美が席を立つ。今にも殴りかかりそうな顔で健斗の前に近づいたその時だった。

「おい。見ろよ、あれ」

窓際に座っていた男子の声で、皆が一斉に校庭を見た。

サイレンこそ鳴らしていないものの明らかに覆面パトカーと思えるクルマが四台、正面玄関に次々と横付けされていく。

それが警察による強制捜査の合図だった。

直後に緊急放送があり、春樹のクラスは放課後を事情聴取に割かれることが告げられた。問い質《ただ》していた者たちが今度は質される立場になる訳で、生徒たちの間には見る間に動揺が拡がっていく。

「みんな、慌てなくってもいいよ！」

ざわめきの中で希美が制止の役を買って出た。

「ちょうどいいじゃない。警察の人に知ってること、洗いざらい話しちゃおうよ。どうせ学校に何言っても無駄だもん」

すると男子の一人が不安げに口を挟んだ。

「でもよ。俺らも罪に問われるんじゃね？」

「何の罪があるって言うのよ」

「だからその……知ってたのに知らんふりしてたって罪……」

そのひと言で希美は彫像のように固まった。今の自分の発言が爆弾だったことを知った男子もまた同様に固まった。イジメを知っていながら見て見ぬふりをしていたのなら、自分たちも八神と同罪だということに気づいたからだ。

教室中に重く、気まずい空気が流れる。

「ふへへへっ」

嘲笑《ちょうしょう》で沈黙を破ったのは健斗だった。

「みんな知ってるかあ。キリストの言葉に、汝《なんじ》らの中でまず罪なき者から石を擲《なげう》ってのがあるんだぜい」

言った後も健斗はくすくすと笑い続ける。元々成績も悪い方ではない。手より遅い口でも、こういう時の弁舌は誰よりも巧みだった。


さすがにクラス全員を一人で担当することはなく、事情聴取は五室の特別教室に分散して行われた。

春樹が緊張して部屋に入ると中央に座っていたのは三十半ばの男だった。顔を見て困惑した。春樹が思い描いていた刑事とはひどくかけ離れた風貌《ふうぼう》で、涼しげで目鼻立ちが整った顔は俳優のようだった。

「警視庁の犬養といいます」

「二年A組、東良春樹です」

「別に獲《と》って食おうって訳じゃない。まず肩の力を抜いてリラックスして」

声も意外に柔和だった。やはり現実と想像は違うものだと妙なことに感心しながら、勧められた椅子に座る。

「聞いたよ。亡くなった保富くんの親友なんだって？」

「一年の時から同じクラスで……好きなマンガとかゲームとか被《かぶ》ってたし……」

「イジメについて彼から相談を受けたかい」

春樹は先刻、教室で証言した内容をそのまま伝えた。

「そうか。それで君は保富くんをイジメたヤツを知っているのか」

「あのう……守秘義務、でしたっけ。それって僕らにも当て嵌《は》まるんですか」

「ああ。君たちなら尚更《なおさら》そうだな。安心しなさい。君がここで喋《しゃべ》ったことは警察の外部には絶対洩《も》れない」

「約束、できますか？」

「えらく慎重だな。何か怖いことでもあるのかい」

「僕だけじゃなく、他の連中にもそれを徹底して欲しいんです。でなきゃみんな、安心して話そうとしない」

ふうん、と犬養は腕を組んだ。

「クラスに恐怖の大王がいるって訳か。よし、約束しよう。それで恐怖の源は何だね。暴力か、権力か」

「両方です」春樹は犬養を真っ直ぐに見た。

「同じクラスの影山健斗。父親は都議会議員をしています。他に子分みたいなヤツが二人」

「都議会議員。成る程、そういう理由か」

「だから先生たちも父親を怖がって、健斗には指導もできないんです」

実際に見聞きするまで、父親の権勢が子供にまで及ぶなど物語の中だけだと思っていたので春樹は驚くと共に呆《あき》れた。取りあえず成績が良ければ問題はないといった風で、校長を含めた教師たちの接し方は及び腰そのものだったのだ。

「イジメの内容を教えてくれ」

春樹は去年からの出来事を順繰りに語り始めた。

最初の頃、雅也は健斗のグループに入ったように見えた。四人集まって談笑していたからだが、それはすぐに三対一の隷属関係へと形を変えた。使い走りに始まって、揶揄《やゆ》、暴言、罵倒、恫喝《どうかつ》へと言葉による虐待が続き、その次からは体罰に移行した。

平手で殴る、小突くは挨拶《あいさつ》代わりだった。根性試しと称してタバコの火を押し当てるのも日常茶飯事になった。痛みだけではない。女子の前で下半身を露出させる、唾《つば》を吐きかける、便器を舐《な》めさせるなどの恥辱も充分に与えた。雅也が泣くまで許さなかったが、そうやって体罰の痛みと恥ずかしさを身体に教え込んだ上で、健斗は金銭を要求し始めた。どこで覚えたのか名目はみかじめ料というのだからヤクザ顔負けだ。

千円二千円から始まった金銭の授受は、そのうち万単位になった。雅也名義の預金残高がゼロになると、次に親のカネを盗むように命じた。そうして雅也が健斗に貢いだ金額はおそらく四、五十万円に上ったのではないか。

搾り取るだけ搾り取ると、健斗はとうとう最後のものを差し出すように誘惑した。命だ。

顔を合わせる度に死ねと言い放った。皆の目の前で首吊《くびつ》りや身投げの練習をさせた。ずらりと並べた死に方一覧表の中から好きなものを選ぶように命令した。

末期になると雅也は目に見えて消耗していた。逆らう気力はとうになく、健斗たちの言葉に弱々しく頷《うなず》くことしかできずにいた。

だがこの期に及んでも担任の八神は何も口出ししなかった。いや、それどころか健斗たちと一緒になって雅也の惨めな姿を笑いさえした。およそ教育者としても人としても唾《だ》棄《き》すべき振る舞いだったが、これについては生徒たちも一概に責めることができない。傍観者を決め込んだ彼らも同罪だったからだ。

下手に介入すれば今度は自分が餌食《えじき》にされるという暗黙の認識があった。そして、学年が変わりさえすれば自然消滅するリクリエーションなのだという決めつけがあった。いや、死が自分たちの身近に転がっていることなど毛先ほども考えなかった。いや、考えようとしなかった。

今にして分かる。生徒たちが岩隈校長や八神に幼い牙《きば》を向けたのは、そうしなければ自傷してしまう恐怖があったからだ。

春樹が全てを語り終えた時、犬養はぽつりと洩らした。

「……クソッタレが」

2

学校に強制捜査が入った事実はたちまち保護者たちの知ることとなり、保護者会は学校側に対し直ちに臨時集会を開催するよう要求した。普段は半分も集まらない保護者たちも、この日ばかりはほとんどが参加し体育館は人で埋まった。

そして、ここでも岩隈校長は醜態を晒《さら》した。雅也が飛び降りてから強制捜査が入るまでの経緯をまるで他人事《ひとごと》のような口調で説明した挙句、未《いま》だイジメの事実は把握していないと述べたのだ。これで開始早々から不穏だった空気は急速に悪い方向へ向かった。

「わたしが赴任してから本校にイジメが存在したことはかつてなく、それは今回も同様と信じております。おそらく、ただの喧嘩《けんか》だったのでしょう。もちろん調査は継続中ですが、保護者の皆さんにはなにとぞ冷静な対処をお願いし、くれぐれもマスコミには不用意な発言を控えていただきたく……」

「ちょっと待ってください」

途中で男親の一人が話を遮ったが、誰も止める者はいない。

「今の話は娘から聞いたのとずいぶん違う。イジメの内容は誹謗《ひぼう》中傷、傷害から恐喝までのフルコースで、しかも担任の八神先生も黙認していたということだった」

「そんな事実はありません！　多少は生徒同士のふざけ合いがあったかも知れませんが、あんな事故があった直後なので面白おかしく吹聴《ふいちょう》する生徒も中にはいて……」

「ふざけるな！　何が面白おかしくだ！」

岩隈校長が失言に気づいた時にはもう遅かった。自ら放った不用意なひと言はたちまち燎原《りょうげん》の火のように燃え拡がった。

「全校集会のあった日、帰って来るなり娘が真っ青になって泣き出した。それのどこが面白おかしい！」

「ウチの子はもう学校が信じられない、いっそ転校したいと言い出したぞ」

「ウチもそうよ」

「大体だな、イジメの事実がないと言うのなら、どうしてこの場に担任の八神先生はいないんだ？」

「あの、八神先生は昨日から体調を悪くして」

「教師の癖して仮病なんか使うなああっ」

何人かは激昂《げっこう》して立ち上がる親も出てきた。岩隈校長は顔面汗だくになりながら制止の手を挙げる。

「皆さん、お静かに。どうかお静かに願います。体育館の周辺には話を聞きつけたマスコミ各社が待ち構えております。もしこんな声が外部に洩れでもしたら……」

「岩隈校長、いいかな？」

野太いが張りのある声で、館内が静まった。

ゆらりと立ち上がったのは白髪頭のPTA会長だった。

「さっきから聞いておればひどくマスコミを気にしておるようだが、何をそんなに狼狽《ろうばい》する。あんたの判断はともかく、これはなかなかの大事だ。でなければ親御さんたちも休日をフイにしてまでこんなに集まらんだろう。仮にマイクを向けられても事実をそのまま話せばいいだけじゃないか」

「マスコミはこういう種類の話を針小棒大に、または全く出鱈目《でたらめ》に書きます。そんなことをすれば生徒たちが不安がって」

「不安なのはあんたたちではないのか？」

「な、何を」

「学内のイジメによって自殺者が出たとなれば教育委員会、延《ひ》いては文科省の受けも良くあるまい。左遷かさもなくば減俸か、いずれにしても公務員としては致命的な汚点となる」

その途端、校長をはじめ居並ぶ教員たちが同じ顔をした。痛い所を突かれた時の顰《しか》め面だ。

「仕事柄、よく役所の人間と対応することがあるから身に沁《し》みて知っておる。何か不手際が起きた時、何か責任が発生しそうな時、公務員という人種はすぐに逃げを打つ。それはもう疾風の如くだ。同じ公務員である先生方も、今は必死に逃げよう隠そうとしているようにしか見えん」

「そんなことはありません」

「これはわしの偏見かも知れんが、あんたたちは公務員であって同時に聖職者でもある。教師、医師、牧師。ハバヘンの師が付く仕事はどれも迷える者を助けて何ぼの価値だ。それを見捨てて頬かむりとは何事か。もし保身を考えての事実隠蔽《いんぺい》ならもう学校側に一任する訳にいかん。PTAとしては第三者委員会による調査を提起しなければならんが」

「し、しかし別に犯罪が起きた訳でもないのに……」

「いいえ。これはれっきとした犯罪です。殺人です」

物騒な声に再び館内が緊張する。

声の主は一人の婦人だった。

「殺された雅也の母親で保富雅子《まさこ》と申します。先日わたしと主人は高輪警察署に傷害、窃盗、恐喝、それから自殺教唆の疑いがあるとして届け出ました。それが事実だからです」

凛《りん》とした、しかし悲愴《ひそう》さを帯びた口調に岩隈校長もPTA会長も黙り込んだ。

「学校側が決して教えてくれなかったことを警察の方が訊《き》き出してくれました。それだけでもわたしどもには大変有難かったです。でも、同時に身が引き裂かれる思いでした。毎日毎日あの子が受けていた仕打ちを思うと……本当に、無念で無念で……」

　言葉はいったん途切れて嗚咽《おえつ》交じりになる。

「……すみ、ません……こ、子供たちが青春時代を謳歌《おうか》するはずの学校が、まさか生き地獄だったなんて考えたこともありませんでした。ま、雅也はとても優しい子でした。あんなに壮絶なイジメに遭いながら、転んでできた傷だとわたしたちに決して心配をかけさせまいとしてました。そんな雅也を死に追いやったことが罪に問われないなんて許されるはずがありません。その子たちは見えない手で雅也の背中を突き押したのです。明らかな……さ、殺意を持って……」

　その時、冷めた声が上がった。

「もう、その辺で茶番はやめてくれません？」

　その主を確認した者たちは一様に驚いた。そこに仁王立ちよろしく雅子を睨《にら》みつけていたのは、健斗の母影山真須美《ますみ》だったからだ。

「さっきから黙って聞いていれば、よくもまあ勝手なことばかり並べ立ててくれたものです。他人の子供をまるで殺人犯呼ばわり！　わたしもちゃんと息子に訊きました。そうしたらちょっとふざけただけだって」

「ちょっとふざけただけ……」

「ウチの子は腕力があるから、ほんの少し強くしただけで結構な力が出ちゃうんでしょう。何回かの使い走りにしたって、ほら、王様ゲームとかあるじゃありませんか。あのノリですよ、あのノリ」

「じゃ、じゃあ、影山さんはあれが単なる遊びだったって言うんですか！」

「そうに決まってます。元々、雅也くんは健斗のグループに入ってたようですから。それこそ、最初に校長先生がお話しになったように不慮の事故だったのでしょ。それとも、やっぱりご家庭に何か問題があったんじゃありません？」

「あれは、殺人です」

「あなたね、何の根拠もないのにウチの子供を殺人犯に仕立てて。全く何て恥知らずなんだろう。名誉毀損《きそん》で逆に訴えてあげましょうか」

「根拠はあります」

「へえ、どんな」

「あの子は飛び降りる直前、わたしのケータイに電話してきました。母さん、め、迷惑かけてごめんなさいって。その後ろに別の誰かがいたんです」

「嘘仰《おつしや》い！」

「それは確かに男の子の声でした。萎《しお》れたようにわたしに謝っている雅也の後ろで、『ほら、早くしろよ』と言ったんです。あ、あの時見えない手で雅也の背中を押した子がそこにいたんです」

「それが健斗だって言うの？　健斗の声だって断言できるの？」

真須美は居並ぶ親たちの列を薙《な》ぎ倒すような勢いで雅子に迫り寄る。雅子も負けてならじと迎撃態勢を取る。二人を制止する者、真須美を口汚く罵《ののし》る者、それよりも警察の捜査結果を公表しろと壇上に駆け寄る者、それを押し止《とど》める教員たちと、館内はたちまち大混乱に陥った。

＊

『お伝えしております、校内のイジメによる自殺ではないかと疑いを持たれている事件で、区の教育委員長は改めて同中学校にイジメがあったとは断言できないとコメントしました。しかし先日に学校側が回収した全校アンケートの集計結果が未だ紛失されたままであり、関係者からは更に疑念の声が上がっています』

「ひどい話だ」と、夜のニュースを見ていた父親が溜息《ためいき》を吐いた。

「教育委員会までグルになって事件を揉《も》み消そうとしている。全く浅ましいったらないな」

父親の口から浅ましいという言葉を聞いたのは初めてだったので、春樹は少し驚いた。

ただその言葉はテレビに映った教育委員長の面を的確に表現していた。櫛《くし》の入っていない白髪交じりの頭は不潔感が漂い、テレビカメラに媚《こ》びるような目線は胸糞《むなくそ》が悪くなるほどおぞましい。

「この顔、よく見とけよ。春樹」

父親はそう言って画面の教育委員長を指差した。

「事件の起きた当初は、まだそれなりに威厳や余裕が窺《うかが》える顔だったが、今じゃこんなに貧相になっちまった。どうしてだか分かるか」

「さあ」

「この男の威厳が全部肩書に由来するものだったからだよ。一連の報道でイジメの隠蔽が発覚し、弁解をする度に肩書の威光が剝《は》げ落ちていく。後に残った貧相さが結局この男の人となりだ」

「あ。それは当たってるかもねえ」

母親が二人の間に割って入った。

「岩隈校長も同じよ。テレビに映るたんびに下品な顔つきになってるんだもの」

これには春樹も同感だった。今は教育委員長が単独で映っているが、最近は校長が並んでいる場面も多い。回収した全校アンケートを破棄したり、実は教職員全員がイジメのあることを認識していたことが次々に明るみに出ると、岩隈校長の顔つき目つきも悪い方に様変わりした。

考えてみればそれも道理で、つい十日ほど前は校長校長と崇《あが》め奉られていたものが毎日毎日マスコミに叩《たた》かれ、学校にいればいたで生徒からの白い目に晒《さら》されるのだ。写真週刊誌にも信用を失墜させた教育者の代名詞として取り上げられ、そういう媒体に限って一番みっともないカットを載せるものだから、イメージダウンに拍車が掛かるという寸法だ。

「そう言えばPTA会長肝いりの第三者委員会、早速動き出したんだって？」

「うん。あの会長、結構顔が広くてあっという間に弁護士や警察OB集めちゃったからね。全校アンケートのやり直しやら聞き取り調査やら早い早い。聞いた話だと校長含めて先生たち、針のムシロみたいね。警察と連携取ってるから、事件解決もそんなに遠くないんじゃない」

「場外乱闘でまだ揉めてるんだろう」

「乱闘っていうより、ほとんど影山さんのゲリラ戦なんだけどね。そこら中でウチの子は濡《ぬ》れ衣《ぎぬ》を着せられた被害者ですーってアピールしてるらしいから。でも、警察が犯人の子供たちを特定したら終わりでしょ」

「……根本的な解決はそんなに簡単にいかないと思うぞ」

「何でよ」

「イジメってのはさ、路地裏で弱虫が弱虫をいたぶる行為なんだよな。だから強者と弱者がいれば必ずイジメは起きるのさ。最近に限ったこっちゃない。そういうことは俺たちの時分にもあった。つまり何年経ってもイジメ自体がなくなることはないってこと」

「言われてみればその通りだけど……でも今度のことで校長なり八神先生が処分を受ければ、少しはマシになるでしょ」

「それもどうだかなあ……イジメなんていつでもどこにでもある。逃げることを身上だと考えてるヤツが教員や教育委員会にいる限り、こんな事件は絶対になくならないよ」

「春樹。あんたは大丈夫なんでしょうね」

母親は急に心配そうに訊《たず》ねる。

「イジメられたりイジメたりとかしてないでしょうね？」

「あのさー。俺の性格知ってるよね。今度の雅也の件では熱くなったけど、本来は目立たず騒がずがモットーなの。そーいうキャラだから加害者にも被害者にもならないよ」

「それならいいけど……」

『一方文部科学省は世論を重く受け止め、教育委員会の対応には憂慮すべき点があるとして、近く調査に乗り出すとの方針を発表しました。それでは次のニュース。最近都心部で、本来は小笠原《おがさわら》諸島に生息しているはずの鳥獣類が多く目撃されています。これについて専門家は……』

3

登校すると校庭の隅に見覚えのある姿を見つけた。あの犬養とかいう刑事だった。

「刑事さん、何してるんですか」

「ああ、君か。ちょっと調べものでね」

犬養はアスファルトで舗装されたところに視線を注いでいる。そこはちょうど雅也の死体が転がっていた辺りだった。

春樹は訊《き》かずにはいられなかった。

「あの！」

「うん？」

「警察は、ちゃんと犯人を逮捕してくれるんですか。その……雅也をあんな風にしたヤツらを」

「容疑の内容は知っているのかい」

「雅也のお母さんが傷害と窃盗と恐喝、それから自殺教唆で訴えたって」

「うん。それは生徒さんたちの証言を集めている最中だけど、容疑が固まり次第、犯人と思《おぼ》しき人間を逮捕する」

「でも、中二だと罪に問えないって聞いたんだけど」

「十四歳未満なら法律上、成人と同じ扱いは受けないということさ。刑務所には入らない。ただ家庭裁判所の決定で少年院には入れられる」

「あんな酷《ひど》いことをしてその程度なんですか」

「少年法というのは、こういう事件がある度に改正云々《うんぬん》の話が出てくる。適用年齢を下げて対処しているが、今度はその適用年齢以下の子供が凶悪犯罪を起こす。まるでイタチごっこだ」

「そんなの、おかしいです」

春樹は憤懣《ふんまん》やる方なかった。健斗の誕生月は八月なのでまだ十三歳だ。健斗の行いが、たかが少年院行きで許されていいはずがない。

「だってお母さんの話じゃ、屋上に立った雅也に早く飛び降りろってわざわざけしかけたんでしょ。それは立証できないんですか」

「うーん。その行為は目撃者がいないからな。ただ信憑性《しんぴょうせい》はある。昔の自殺者というのは遺書を残すのが普通だったんだが、今はケータイという便利なものがあるから。飛び降りる寸前、母親に電話したというのは最近の子だったら納得できる状況だ。それに事実、屋上にいたのが雅也くんだけじゃなかったという形跡もある」

「そんなもの、あったんですか？」

「屋上に出入りするドアだよ。君はあの屋上に上がったことがあるか」

犬養は春樹の目を覗《のぞ》き込んで言う。

「ありませんよ。立入禁止で、あんな鎖に南京《ナンキン》錠掛かってるんですよ」

「あの屋上にはエアコンの室外機があって、年に一回だけメーカーがメンテナンスに上がる以外は誰も入ることができない。柵《さく》もないから危険だしな。だから雅也くんは技術家庭科室にあったペンチで鎖を切断し、屋上に上がった。当然、鎖とペンチ、それから内側のドアノブには彼の指紋が付着していた。ここまでは何の疑問もない。問題は外側のノブだ」

「外側のノブ？」

「指紋を拭《ふ》き取った痕《あと》があった。あのドアはバネがついているから、いったん開けてしまえば自動的に閉まるはずだ。これから飛び降りようとする者が触る必要もないし、ましてや雅也くんが自分の指紋を拭き取る理由もない」

「あ、分かった。つまり雅也の他に健斗たちがいて、屋上から出る時にノブを摑《つか》んだってことですね」

「そう。摑んでしまってから指紋に気がついて、慌てて拭き取った。それが一番納得できる推論だ」

「……やっぱり、どう考えたって酷いです」

「俺もそう思う。だから相手がガキであろうが何だろうが、必ず罪は償わせるさ。それは任せておけ」

「でも、少年院程度じゃ償いにはならないでしょ。人一人、死んでるんですよ」

「少年院暮らしが刑罰に値するかどうかってのは意見の分かれるところだろうな。しかし、こういう考え方もある。再犯率って知っているか」

「刑務所から出てきた人が、また何かやっちゃう確率」

「最近の調査だと全体で42・7パーセント、少年院出所者に限れば39パーセント。法律で厳罰化を進めてもム所に戻ってくるヤツは戻ってくる」

「じゃあ刑罰なんて意味ないじゃないですか。死刑以外には」

「再犯率四割ってのに意味がある。つまり四割の人間は更生できず悪党のままってことだ。言い換えれば、この四割の人間は死ぬまで真っ当な人間には戻らない。いや、戻れない」

犬養の口調はどこか物憂げだった。

「君らの齢《とし》ではまだ分からないだろうが、普通に生きるってのもこれはこれで大変だし立派なことだ。普通だからこそ、その他大勢の人間と喜怒哀楽を分かち合うことができる。飯を美味《おい》しく食べられる。夜は安心して熟睡できる。毎日が平穏だ。だが犯罪者はそうならない。絶えず自分のした過ちを思い出し、決して他人に気を許せず、そして不安で眠れない日々が続く。それが更生できなかった者に与えられる真の刑罰なのさ」

聞いていたら、少しぞっとした。

花壇の周りでは、いつものようにハトの群れが地面を忙《せわ》しなく突《つつ》いている。犬養はその姿を穏やかな目で見下ろしていた。

「君らはこのハトみたいなもんだ」

「ハト、ですか」

「定められたコミューンの中で群れ、仲良く餌を啄《ついば》む平和の象徴だな。しかし、その中に黒いハトがいる。他のハトと同じように振る舞っているが、明らかに毛色の違うハトがな」

それは本当に偶然だった。

土曜日の昼前、春樹は買い物に行く途中で健斗の家の近くを通りかかった。以前は本人と顔を合わせるのが嫌で迂回《うかい》していたのだが、雅也の事件があってからは半ば偵察の目的でその道を選んでいたのだ。

健斗の家の方向が何やら騒がしかったので道を曲がった。すると家の前にパトカーが停まり、取り囲むようにして人の輪が十重二十重《とえはたえ》にできていた。よく見るとICレコーダーを握る者やテレビカメラを担いだ者も数人おり、彼らの腕には局名を記した腕章が巻かれている。

一瞬で事情が呑《の》み込めた。

その時がきたのだ。

命じるより先に足が動いた。春樹は人の輪に向かって駆け出した。

「やめてください！　ウチの子に何するんですか」

健斗の母親だろう。甲高い声が家の中から洩《も》れている。

「奥さん、落ち着いて」

「何で健斗を連れていくんですかあっ。その子は何も、何も悪いことなんかしてないのにいっ」

「それは本人に話を訊きますから」

「主人は都議会議員なのよ！　あなたたち知っててこんなことするの！　言いつけてあなたたちなんてクビにしてやるわよっ」

やがて玄関のドアが開いて人影が現れると、待ち構えていたカメラが一斉にシャッターを切り始めた。いったい何十台のカメラなのだろう。たかがシャッターの音がまるで豪雨のように聞こえる。

健斗が刑事らしい男二人に左右を挟まれて家から出て来る。背後には別の刑事に摑みかかっている母親が見える。

健斗は不貞腐《ふてくさ》れたような顔をしていたが、陽の当たる場所に出ると少し青くなっているのが分かった。玄関前に集まった人だかりを見て目を丸くしている。

カメラの砲列に気づいた右側の男が自分の上着を健斗の頭に被《かぶ》せる。テレビニュースでよく見る光景だが、どのみちそんなことをしなくても十三歳の犯人の顔などテレビや新聞に出せるはずがない。春樹は無駄なことだと思ったが、それでも胸のつかえがすうっと下りる気分だった。

「影山くーん。保富くんに何かお詫《わ》びの言葉はありますかあ」

「反省しているんですかあ」

「お父さんは君のしたことを知っていたんですかあ」

人波の中に飛び込む。好奇心と偽善の渦で噎《む》せ返るようだった。それでも春樹の身体は大人たちの間をすり抜け、健斗の前に辿《たど》り着いた。

「クラスメートです。通してください！」

健斗は驚いたように春樹を見た。きっと真剣な顔をしていたからだろう、二人の刑事は春樹が近づくのを敢《あ》えて止めようとはしなかった。

「何だよ」

健斗はこんな時でもまだ虚勢を張ろうとしていた。

「わざわざ笑いに来たのかよ」

「笑いたい気分じゃない」

「これでダチの仇《かたき》を討ったってか。ふん、そんなに大事だったんならどうして護《まも》ってやらなかった。黙って見てたお前も同罪だ」

「一つだけ教えてくれ。どうして雅也をイジメた」

よほど意外な質問だったらしく、健斗は眉間《みけん》に皺《しわ》を寄せて考えていた。そして吐き捨てるように言った。

「どうしてって？　面白かったからに決まってんじゃん」

それが捨て台詞《ぜりふ》になった。

健斗は二人の男に挟まれたままパトカーの後部座席に押し込まれた。こちらに振り向いた健斗の顔が一瞬だけ泣きそうに歪《ゆが》んだ。

「健斗お。健斗おおおっ」

玄関から出てきた母親が縋《すが》りつくようにパトカーに駆け寄るが、すぐに引き剝《は》がされる。やがてパトカーは母親と報道陣を残して道の向こうに消えて行った。

影山健斗と他二名の補導はその日のトップニュースになった。未成年者の扱いに慎重な態度を見せたテレビ局も一部にはあったが、多くは都議会議員の子息であっても補導に踏み切った警察の勇気を暗に称賛していた。雅也に対するイジメの内容と学校側の隠《いん》蔽《ぺい》体質については徹底的に非難されていたので、その分だけ警察の行動が評価された形だった。

健斗が現職議員の息子であることが捜査の障壁になっていたことは想像に難くなかったが、生徒たちの証言の多さ、雅也の死体検案書を作成した医師が複数の打撲傷を暴行によるものと判断したことから補導に踏み切ったのだと警察は発表した。

もちろんその程度の進捗《しんちょく》でマスコミが満足するはずもなく、彼らの牙《きば》はすぐさま学校側と教育委員会に向けられた。岩隈校長と教育委員長はカメラの前で深々と頭を下げてみせたが、あまりにもタイミングが遅すぎた。そしてタイミングを間違えた謝罪は却《かえ》って嗜虐心《しぎゃくしん》に火を点《つ》けるという原理を知らなかった。

健斗たちの逮捕によって、今まで「イジメはなかった」と強弁を繰り返してきた二人の言葉は虚言でしかなくなり、その姿は哀れな道化にしか見えなくなった。だが池に落ちた犬に石を投げるのはマスコミの専売特許だ。連日のように続く謝罪会見で集中砲火を浴びるうち、二人の顔はみるみる土気色に変わった。コメントを求められた文科省の口は重く、来年四月の異動を待つまでもなく二人が何らかの処分を受けることは確実だった。

また担任八神教諭のその後については某写真週刊誌の記事に詳しい。臨時集会の日から行方を晦《くら》ましていた八神は、事もあろうに四谷《よつや》三丁目の変態バーでご乱行の最中を撮られた。既にネット上には八神の顔写真が流布しており、件《くだん》の店に入る彼を目撃した者がツイッターで呟《つぶや》いたのがスクープの発端だった。いくら趣味とはいえ教師が入り浸って褒められる場所ではない。こちらも早晩何らかの処分が下されるのは必至だった。

司直の手に委《ゆだ》ねられた健斗たちにも苛烈《かれつ》な日々が始まろうとしていた。これも春樹は新聞報道で知ったのだが、健斗たちには雅也に対する虐待以外にも他校生徒に傷害を負わせたり商店街で窃盗を繰り返していた前歴があったらしい。洗えば洗うほど余罪が現れ、もはや都議会議員である父親の威光など何の役にも立たなかった。

こうして主要な役者が次々に舞台から消えて行った。

しかし、それで全てが終わった訳ではなかった。

4

健斗が逮捕されてから三日後、事件以来急速に距離の縮まった希美と校門を出た時、春樹はまたもその男に出くわした。

「犬養さん……」

「やあ、待っていたよ」

「僕をですか？　どうして」

言葉が終わる前に手首を掴《つか》まれた。

かちゃり。

手錠が掛かっていた。

「東良春樹。君を自殺教唆の容疑で逮捕する」

真横で希美が息を呑む音が聞こえた。

「……これ、何かのギャグですか」

「あの日、雅也くんと屋上に上がり、飛び降りるように促したのは君だ」

「やっぱりつまんないギャグだ。僕は雅也のたった一人の親友ですよ。その僕が何でそんなことを」

「たった一人の親友だったから、そう言われた時のショックはより大きかったろう。それに、他の罪状については全て認めた健斗も屋上に同行したことだけは否認した」

「あんなヤツの言うことなんて信用できるもんか」

「しかし君の言葉はもっと信用できない。校庭で、屋上に上がったことはあるかと俺が訊《き》いた時、君は即座に否定したな？」

「しましたよ。だって本当に行ったことなかったから」

「俺は野郎の嘘を見抜くのが上手《うま》くてな」

犬養は鼻の頭を掻《か》きながら言う。

「それを喋《しゃべ》っている最中、君の目は泳いでいた。だから俺は君の話を鵜呑《うの》みにはしなかった」

「くっだらない！　あなたはそんなことで僕を嘘吐きだって言うのか」

「俺の特技はともかく科学捜査の結果は信じなくてはなるまい。健斗の声紋は不一致だったからな」

「声紋？」

「君にはわざと言わなかったが、雅也くんが母親のケータイに掛けた最後の電話は留守録だったんだ。母親は手仕事中でケータイを取れなかった。もし一方的な電話でなければ、必ず母親は自殺を思い止《とど》まらせようと会話を長引かせただろう。そして録音された音声には確かに背後で『ほら、早くしろよ』と言う声が残されていたが、その声紋分析をした結果、健斗の声紋とは一致しなかった」

「それがどうして僕なんですか。僕の声紋を調べもしないで」

「当然、署に連行してから鑑定するがな。ただあの日、雅也くんに同行して屋上へ上がったのは、別の理由で君以外には有り得ない」

「その理由を言ってください」

「ハトの糞《ふん》だ」

春樹は相手の言う意味が理解できなかった。

「……え」

「事件が起きたのは金曜日だったが、現場を見た俺はすぐ鑑識にあることを依頼した。土日の二日間を費やして鑑識がやってくれたことは、全校生徒と教職員合わせて五百六十八人分の上履きの鑑定だった。するとな、裏にハトの糞を付着させた上履きが二人分だけ見つかった。それが雅也くんと君のものだ。現場に足を踏み入れた君なら見ただろうが、屋上は糞だらけで足の踏み場もないくらいだった」

「馬っ鹿馬鹿しい。ハトの糞なんて校庭にだって落ちてるじゃないですか。僕の上履きに付いたのはそっちに落ちてた糞かも知れない」

「確かに校庭にもハトの糞は落ちているが、屋上に残っていた糞は全くの別物だ」

「ハトの糞はハトの糞だろ！」

春樹の言葉が熱を帯びるのとは逆に、犬養の言葉はますます温度を下げていく。

「……最近、白バトに交じって黒いハトがいるのを見かけたことはあるか」

いきなり妙なところに話が飛んだが、不承不承に頷《うなず》く。

「ニュースで見なかったか？　あれはカラスバトといって元々は本州中部以南に生息している鳥だ。ところが毎年続く猛暑のせいか、それとも地球温暖化のせいか、生息分布が北上した結果都内に移動してきた。ハトってのは集団行動する習性があってな。何とそいつらは学校の屋上に巣を作っちまったのさ。しかもハトには決まった場所に糞を落とすという習性もある。かくて屋上はカラスバトの糞だらけになった」

「それでも同じカラスの糞じゃないか」

「それが違うんだな。カラスバトの主食はツバキやシイの堅果で、校庭で見かける普通のハトとは食傾向が異なる。当然、消化排泄《はいせつ》される糞の成分も異なってくる。雅也くんと君の上履きに付着していたのは両方ともそのカラスバトの糞だった。屋上には雅也くんがドアの鎖を切断するまで誰も立ち入れなかったから、君の上履きに糞が付着するとしたらその時を措《お》いて他には考えられないのさ」

そうか。

そう言えばあの時、視界の隅に黒い鳥の群れを捉《とら》えていた。あいつらがそうだったのか。

ふと気づくと、いつの間にか希美が自分から距離を取っていた。その目は得体の知れない化物を見るような目だ。

「肉体的にも精神的にもイジメ抜かれ、閉ざされた学校という空間では君一人だけが頼れる相手だった。いよいよ忍耐力も限界に達した時、その唯一信頼する人間から死んだ方が楽になると持ちかけられたらどうなるか。まともな判断力も奪われ、親友の甘やかな誘いに乗って彼はペンチを握り屋上に出る。母親に掛けた最後の電話は留守番電話で、しかもその最中に親友が『ほら、早くしろよ』と背中を押す……全ての糸を断ち切られた雅也くんには、もう飛び降りる以外に選択肢はなかった。長い時間をかけて装弾したのは健斗たちだったが、引き金を引いたのは君だ」

「春樹くん……どうして？」

「君が率先して健斗や八神教諭を糾弾したこともいい隠れ蓑《みの》になった。親友の敵討ちに声を上げる君を、誰が裏切者だと思うものか。だが、上げた声も満更嘘じゃなかった。雅也くんの死で自責の念に駆られたクラスメートをどう煽動《せんどう》すればいいのか、君は全て心得ていた。おそらく君にとって健斗と八神教諭、延《ひ》いてはイジメの隠蔽《いんぺい》を図る校長が破滅していく様を観察するのは雅也くんを死に追いやるのと同じくらいやり甲斐《がい》があったんだろうな」

不意に希美が駆け出した。声を掛ける間もない。彼女は振り返りもせずに春樹の許《もと》から逃げて行く。

まあ、いいか。

飽きたらあいつも弄《もてあそ》んでやるつもりだったんだが。

「白バトの中に紛れた黒いハト……それって僕のことを指してたんですね」

「安心しろ。今度君が身を寄せるところは全員が黒い羽をしている」

「やれやれ。再犯率の話も、実は僕に向けてだったのか」

「ただし、そこにいる黒い鳥たちは君のようなハト科の鳥じゃない。獰猛《どうもう》なカラスの群れだ。あいつらは異種の闖入《ちんにゅう》を決して容認しない。これから君には食うか食われるかスリルと冒険の日々が待っている」

犬養は手錠をぐいと引いた。

「痛っ……中学生相手に容赦なしですね」

「君はもう十四歳だったな。立派に刑事罰対象年齢だ。容赦する理由が見当たらん」

引かれて行く途中で一度だけ校舎を振り返ると、教室の窓から何人かが自分を見ていた。

「一つだけ教えてくれないか。どうして雅也くんにあんなことをした」

しばらく春樹は考え込む。

地獄の底でのたうち回っていた雅也。

天上から糸を垂らす。

雅也は狂喜して糸を摑《つか》み、昇ってくる。

自分はその様を慈愛に満ちた目で眺め、そして突然糸を切る。その時、雅也の絶望に歪《ゆが》んだ顔を見ると射精しそうな快感が身体を貫いた。あの感覚をこの男にどう説明すればいいのか──。

ああ、何てことだ。的確な答えは健斗が教えてくれたじゃないか。

「どうしてって？　面白いからに決まってるじゃん」

三　白い原稿

1

たとえば市井の誰かが死体で転がっていても二日で忘れ去られるが、著名人であれば一週間は興味が持続する。有名ということはつまりそういうことだ。

だから篠島《しのじま》タクこと桜庭巧己《さくらばたくみ》が遺体で発見された時、マスコミ各社は内心小躍りしたはずだった。これでワイドショーの芸能枠と週刊誌の記事には当分困らない。

死んだ後もあれこれと触れられたくないところを突かれる。これも一種の有名税というものか――犬養はその死体を見下ろして少しだけ同情した。

発見場所は港区高輪四丁目。都内でも指折りの高級住宅街だが、死体は公園脇のベンチで眠るように横たわっていた。発見者が寝ているのではないと判断できたのは、その胸に深々とナイフが突き刺さっていたからだ。

早朝と言っても八月初旬。既に陽射しがやんわりと肌を灼《や》いているが、死体は完全に冷え切っている。外気温の高さから、死体を一瞥《いちべつ》した御厨《みくりや》検視官は死亡推定時刻の算出に苦労しそうだと愚痴をこぼしていた。

「しかし、目立つ場所で目立つように目立つヤツが殺されたもんだな」

同行していた若い刑事が呟《つぶや》いたのを犬養は聞き逃さなかった。

「今のは何の言葉遊びだ？」

「いや。この篠島って歌手、少し前までは顔出しまくりでしたからね。ほら、例のヤラセで新人賞を獲《と》ったとかいう話で」

芸能ニュースに疎い犬養でも、さすがにその話だけは憶《おぼ》えていた。

篠島タクはまだ二十代半ばのロック歌手だったが、ビブレ大賞という新人文学賞を受賞して一躍時の人となった。天は二物も三物も与えるということで最初は若き新人作家のデビューを寿《ことほ》ぐムードだったのだが、その内容が書評家たちに知れるにつれて雲行きが怪しくなっていった。受賞するには到底値しないレベルであり、つまり受賞自体が出来レースだったのではないかと噂されるようになったのだ。

それでも話題が話題を呼び、受賞作『うつろい』は予約が殺到、版元は強気の営業を展開して結果的には百万部を突破した。問題はその後で、ベストセラーになったものの、やはり内容を知った読者の反応は最悪だった。出来レース疑惑は半ば確定したものと見《み》做《な》され、ネットの書評サイトには続々と悪口雑言が書き連ねられた。

攻撃の的となったのは作者の篠島だけではない。版元であるビブレ社には篠島以上に非難が集中した。大賞賞金三千万円と文壇デビューを夢見て投稿してきた千二百人もの応募者の努力と才能を無視するものであり、何より新しい才能を発掘するという新人賞

の大義名分よりもセールスを重視する同社の姿勢は大いに世間の顰蹙《ひんしゅく》を買った。返本の

負担が重い責任販売制という方式を書店側に強制したのも悪材料の一つだった。

哀れだったのは篠島だ。出版直後にはデビュー作映画化の際は自分が監督を務めると

か既に第二作を構想中とか鼻息が荒かったのだが、世評の悪さが噴出すると露出を控え

るようになった。デビュー作は瞬く間に新古書店の棚を埋め尽くし、尚《なお》も酷評が続いた

ため、とうとう本人は書く気を失ったらしい。二作目の出版計画も立ち消えとなり、遂

には本人自身が立ち消えてしまった。

そんな中での殺人事件だ。マスコミが狂喜乱舞する様は容易に想像でき、犬養は人知

れず溜息《ためいき》を吐く。犯人による刺殺、そしてマスコミによる名誉への嗜虐《しぎゃく》で本人は二度も

殺されることになる。そしてまた芸能人は不特定多数を潜在的な関係者にしてしまうの

で、捜査範囲が拡大される惧《おそ》れがある。捜査する側にとってはやり難《にく》いことこの上ない。

だが犬養の心配は杞憂《きゆう》に終わった。死体発見の三時間後、嵐馬《あらしま》シュウトと名乗る男が

自分が犯人であると所轄署に出頭してきたからだ。

嵐馬シュウト。三十四歳、無職。その名前はペンネームであり、所持していた免許証

によれば本名は荒島秀人《あらしまひでと》だったが、本人は嵐馬シュウトとして扱うよう要求した。

「その名前でないと何か都合が悪いのか」

「俺は荒島でも無職でもない。嵐馬シュウトという、れっきとした作家のタマゴなんだ

よ」

取り調べに当たった犬養は面倒臭いので本人の言うままに任せた。犬養にすれば調書の最後に本名での署名押印があればそれでいい。どうやら嵐馬は取り調べという特殊な場所であっても本名の使用を嫌がっている風だった。

「篠島タクを殺したのは俺です」

嵐馬は開口一番そう切り出した。あまりに呆気《あっけ》ない自供で通常は鵜呑《うの》みにする訳にいかないが、凶器とされるナイフに付着した指紋は嵐馬のそれと完全に一致していたので首肯せざるを得ない。

「昨夜《ゆうべ》、篠島の自宅周辺をうろついていたら、公園のベンチに横たわる篠島を偶然見つけたんです」

何故、篠島の自宅付近をうろついていたのか訊《たず》ねると、嵐馬は以前から彼をつけ狙っていたのだと言う。

「何か彼に恨みでもあったのか」

「あいつのお蔭《かげ》で俺は作家になれなかったんだ」

嵐馬はそう言って歯を剝《む》き出しにした。

「俺もビブレ大賞に応募していた。篠島があんな卑怯《ひきょう》な真似をしなけりゃ、絶対俺が大賞を獲っていた」

最終選考には篠島と嵐馬を含めた八人が残ったのだが、どう考えても自分の作品が篠島の受賞作より劣っているはずがないと嵐馬は主張する。念のためビブレ社のホームページを開いて選考経過を確認してみると、確かに嵐馬の名前はあるものの佳作にすら選ばれていない。

「篠島の大賞さえ決まれば後はどうでも良かったんですよ。それが証拠にビブレ社の野郎、佳作になった作品も未《いま》だに公開していないでしょ。俺はわざわざビブレ社に出向いて、最終候補作全作を出版するかウェブ公開するように要求したけど、門前払いを喰《く》らった。『うつろい』が俺の『幽玄の森』よりもひどいことを知られたくないからですよ」

自身が無冠に終わったことへの自己弁護にしか聞こえなかったが、本人はそう信じ込んでいる様子だった。

「こっちは一年かけた畢生《ひっせい》の大作だったのに、それをフイにされた。絶対、許されることじゃない。だから罰を与えようとしてあいつをずっと狙ってたんです」

「最初から殺すつもりだったのか」

「いいえ。正々堂々と諭して大賞を返上させようとしたんです。お前の作品は中学生の作文よりひどいって。ナイフはただ脅すために持っていただけで殺すつもりなんて」

「しかし、現にナイフは被害者の胸を深く貫いている」

「ベンチでいぎたなく寝ているあいつを見ていたら、急に我慢がならなくなって……俺は大賞が獲れなかったばかりに、親にまで馬鹿にされてるのに、こいつは少しばかり有名というだけで名誉まで手にして毎日遊び歩いている。こんなことってあるかよ」

人一人殺す動機としてはあまりにも幼稚だったが、話している内容自体に矛盾点はない。だが殺意の否定には大きな疑問が残る。予《かね》て殺害に使用したナイフを持ち歩いていたとなれば、弁護側の主張も苦しくなるだろう。犬養は嵐馬から話を訊《き》くだけ訊いて、その日の取り調べを終えた。

次に犬養は篠島の自宅を訪ねた。応対したのは妻の桜庭香澄《かすみ》だ。香澄は夫を喪《な》くしたショックからまだ抜け切れていないらしく、犬養の質問にも時々上の空の様子だった。リビングから見える台所シンクの中にはまだ洗っていない食器がうずたかく積まれているので、散らかっているのは香澄の不精からくるものかも知れない。

「夫……篠島がここのところ、ずっと酒浸りだったのは本当です。折角賞をいただいて本も売れたのですが、読者の反応が思ったほどではなくてひどく腐っていました」

篠島は文壇にデビューする前から所属事務所とトラブルを起こして解雇されていた。歌手活動もできず、筆も進まないとなれば酒に逃げるより他になかったのだろう。

「いつも外で呑《の》み歩いていたんですか」

「いいえ。外では周囲の目がうるさいので、呑むのは家の中だけでした」

香澄はそう言って食器棚の方を指差した。見れば成る程、食器棚の中には何種類もの焼酎《しょうちゅう》の瓶がずらりと並んでいる。そしてテーブルにはグラスが一個だけ残っていた。

「ご主人は焼酎派だったんですね」

「ええ、身体にいいからって焼酎をロックで。それ以外の呑み方はしませんでした」

「そのグラスは昨夜、ご主人の使った？」

「ええ。昨夜もわたしが作ったのを呑んでいたんですけど、肴《さかな》が切れたので篠島が自分でコンビニに行ってくるって……わたしはもう化粧を落としていたから外に出られなかったんです」

犬養は証拠物件としてそのグラスを預かる。鼻を近づけると微《かす》かに柑橘類《かんきつるい》の香りがした。

「わたしは大学生の時、篠島のファンクラブの会長になって、役得で個人的な付き合いが始まり卒業してから結婚しました。でも篠島はその頃から歌手としての将来に不安を抱いていました。ビジュアル系でデビューしたんですけど、同じ世代のライバルが多過ぎたんです。作家デビューは心機一転、篠島タクの再スタートなんだって意気込んでいたんですけど……」

香澄の言葉は最後が掻《か》き消えた。結婚してまだ二年。子供もおらず二人きりの生活だった香澄の気持ちを思いやると、掛ける言葉がなかった。

「ご主人の受賞には色々と不愉快な噂がありました。出頭してきた被疑者もその経緯からご主人を逆恨みしていたようですが、そのことをあなたはご主人から聞いていましたか」

「いいえ。とにかく一昨年《おととし》から何か書き続けていたのは知ってましたけど、それが小説だと聞かされたのは受賞の報《しら》せがあった時でしたから。主人を殺した人のこともさっき初めて教えてもらったくらいで」

犬養は香澄の顔を覗《のぞ》き込む。それが嘘なのかどうかはまるで判断がつかなかった。

「ご主人の仕事部屋を拝見させていただきます」

香澄に誘《いざな》われて書斎に入った。広々としたスペースの壁二面が本棚になっているものの、収められているのは雑誌とマンガ本がほとんどだ。東側にはマホガニー製と思《おぼ》しき重厚な机と本革仕様の椅子が設《しつら》えられており、パソコン一台だけが置かれている。そう言えば、今どきの小説家は手書きよりも圧倒的にワープロ書きなのだと聞いたことがある。

犬養はパソコンの電源を入れてみた。本人が専用にしていたからだろう、パスワードの必要もなくすぐに画面が開いた。

いきなり『うつろい　第二章』のタイトルが飛び込んできた。察するにデビュー作の続編と思われた。中央に現れた「うつろい第二章は変更されています。保存しますか？」との警告文字をキャンセルで消したが、画面に表示された文字は右端のタイトルだけだった。その行から左には記号すらもなく空白だけが残されていた。

タイトルのみの原稿。

これを見る限り、続編を執筆する意志があったにも拘《かか》わらず、一行も書けなかった。もしくは書いても書いても納得がいかなかったということになる。

身を削るような思いで書き綴《つづ》ったデビュー作を稚拙と嗤《わら》われれば、二作目のプレッシャーは相当なものだったに違いない。真っ白な原稿をしばらく眺めていると、篠島の憤《ふん》懣《まん》と苦悩が滲《にじ》み出てくるような気がする。犬養はこのパソコンも証拠物件として預かった。

次に犬養はビブレ社を訪れた。篠島の担当編集である日下康介《くさかこうすけ》からは一見快活な印象を受けたが、レンズの奥に蠢《うごめ》く目が陰険そうだった。最終選考に残ったからなのか、日下は嵐馬のことをよく憶《おぼ》えていた。

「出来レースだったから自分は受賞できなかった……そんな風に思っている投稿者は少なからずいますね。まあ、本人の妄想ですが」

日下は言下に切って捨てた。

「嵐馬くんは投稿の常連でした。ビブレ大賞にはもう五年前から投稿を続けているんじゃなかったかな」

「そんなに以前から。だったら篠島さんがいなければ自分が受賞していたという思い込みも満更でもなかった訳ですね」

「とんでもない」

日下はぶんぶんと首を振る。

「常連といっても最終選考まで上がってきたのは今回が初めてで、それまではずっと一次落ちを繰り返していましたよ。いや、実を言えば今回も他の候補作に目ぼしいものがなかったから数合わせに残されただけです。内容だって法医学の知識を寄せ集めたトリック集みたいなミステリーでオリジナリティは皆無、とても商業ベースに乗せられるような代物じゃなかった。その証拠に彼の作品は佳作にも選ばれていません。篠島くんがいなかったとしても、彼が大賞を獲得するなんて到底有り得ませんね」

「被疑者の話では最初に篠島さんの受賞ありきだったので、それ以外の順位は全部いい加減だったんだということです」

「自分の才能のなさを運や選考システムのせいにする。現実逃避が高じて被害妄想になっているんですな。世の中には色々登竜門というものがありますが、そういう輩《やから》がやたらに多いのは文芸に限ったことかも知れません」

日下は途端に批評家のような口調になった。

「歌の上手《うま》いヤツが歌手を目指す。絵の上手いヤツが画家を目指す。当然の流れです。しかし、こと文芸の世界にはこれが全く当て嵌《は》まらない。文法も不確かで構成力もキャラクター作りの能力もない者が五百枚とか千枚の原稿用紙に文字を書き連ねて平然と送りつけてくる。日本語を喋《しゃべ》っているから日本語の小説も書けるなんて思っているんでしょうが、勘違いも甚だしい」

「勘違い、ですか」

「投稿者の九割方はそういう勘違いです。面白い話でしてね、世の中が不景気になると途端に文芸新人賞の投稿者が激増するんです。元手も掛かりませんから、きっと一攫千《いっかく》金のつもりなんでしょう。選考の最初は下読みという作業から始まるんですが、これが結構辛《つら》い仕事でしてね。ニートが頭の中だけで拵《こしら》えた現実感ゼロの話やらリストラ親爺《おやじ》が切々と綴《つづ》る自分の半生記とか、数枚読むだけで吐き気を催してくる。そして、そういう作品の投稿者に限ってルサンチマンじみた被害者意識がある。嵐馬くんなんかはその典型です」

その口調の辛辣《しんらつ》さが気になった。犬養の認識では新人賞というのは将来性が期待できる新星を発掘するものだ。主催する側とすればいずれ自社の利益に貢献してくれる金のタマゴが埋もれているはずなのに、日下の物言いには侮蔑《ぶべつ》のような響きが聞き取れる。

「結局、投稿者のほとんどは小説を書くのが嫌で嫌でしようがないんです」

「え？」

思わず訊き返した。

「彼らはなるべく小説なんて面倒臭いものを書きたくない。だから他賞で落選した作品を恥ずかしげもなく違う新人賞に使い回してくる。彼らは作家というステータスが欲しいだけなんです。現状の自分を過去のものとして葬り、作家を名乗ってふんぞり返っていたい。そんなヤツばかりです」

日下の視線は虚空の一点を凝視している。これは喋っている内容が特定の誰かを指している時の特徴だった。

それで気がついた。

「さっき今回の候補作には目ぼしいものがなかったと言いましたね。篠島さんの『うつろい』が最終選考に残っていたのに」

そう指摘すると、日下の顔にみるみる赤みが差した。

「やはり噂通り、篠島さんの受賞は出来レースだったということですか。確か最終選考委員は現役作家ではなく、御社の社員さんが務めていると聞きました。だとすれば選考に会社の思惑が反映しやすい土壌があるのではないですか」

「そんなことはありません」

日下は犬養を睨《にら》んで言った。

「選考は極めて厳正なもので、わたしたちは『うつろい』が真に大賞に相応《ふさわ》しいと判断したからこそ彼に授賞しました。それだけのことです」

犬養は日下の顔を覗き込む。こちらを睨んでいたはずの目を見つめ返すと、その視線がほんのわずかだけ上に揺れた。その瞬間に日下の言葉が本心からのものではないことに見当がつく。ただし、それは嘘というよりは建前というべき性質のものだった。組織人の立場としては許容範囲だろう。

その警戒心露《あら》わな目がふっと緩んだ。

「しかし今回不幸にも加害者と被害者になってしまった二人ですが、奇《く》しくも我が社に縁のあった方たちです。次回作執筆に意欲を燃やしながら志半ばで斃《たお》れた篠島くん、文学への溢《あふ》れる情熱がありながら道を踏み外してしまった嵐馬くん。彼らの無念を晴らすために我が社は『うつろい』の早期文庫化と『幽玄の森』の同時刊行を決定しました」

さすがに犬養も二の句が継げなかった。殺人事件の被害者と犯人、両方の作品を売り物にしようというのだ。

まことに機を見るに敏、抜け目のない商才だが、犬養はこういう際に一番相応しい言葉を思い出した。

落ちているゼニは拾え、だ。

2

本部に帰る途中、犬養は大型書店で『うつろい』を探してみたが在庫は一冊もなかった。やはり百万部を売り切ったのかと感心して店に訊《たず》ねてみると、その女性書店員は苦笑いしながらこう答えた。

「違いますよ。売れ行きは発売後二ヵ月で完全に止まったんです」

「しかし二ヵ月間だけとは言え、在庫のほとんどが捌《さば》けたんじゃないんですか」

「ええ、まあ大方は。だけどこういう本を買っていくのは普段本をお読みにならないお客様ですからね」

その説明はよく理解できた。本を買う層というのは限られている。つまりベストセラーは普段本を買わない層までを取り込まないと誕生しないという理屈だ。

「最近、タレント本とか評判の芳しくない文芸書はすぐ古書店に持ってかれちゃいます。『うつろい』なんて発売日の午後には大手古書店に並んでいましたから。わたしたちだって発売日当日に古書店に並ぶような本、売りたくないですよ。仕事だから仕方なく売りますけどね」

その口調に非難めいた響きがあった。

「ここだけの話、『うつろい』の一件からわたしたち書店員の中でもビブレ社嫌いが増えたんです。責任販売制というのをご存じですか」

頷《うなず》いてみせると、書店員は堰《せき》を切ったように喋り始めた。

「要は、確実に販売が見込めるんだから全部引き取れよ、という意味なんですけど、それってすごい上から目線じゃないですか。本来、出版社と書店というのは共存関係のはずなのに。しかも内容がアレだったし。実は大型書店の中には『うつろい』の大量在庫に頭を抱えているところが少なくないんです。だけど責任販売制は引き取り額が定価の四割だから、おいそれと返本もできません。それも『うつろい』に至っては六割でした。棚卸しの時期がきたらもう一度版元と交渉はしますけど、それまでは倉庫に死蔵ですよ。それで頭にきた各書店の文庫担当者が示し合わせて、ビブレ文庫をごそっと返本したんです。言ってしまえば責任販売制の意趣返しですね」

物言えぬ書店員のせめてもの抵抗ということか。この程度の対抗処置は聞いていてもどことなく微笑ましい。

「ところがビブレ社の方がわたしたちよりずっと上手だったんです。ほら、先月の台風で岡山の離島が被災したじゃないですか。そうしたらビブレ社は被災地に大量のビブレ文庫を送ったんです。『被災地にこころを贈りたい』とか言って。笑わせますよね。わたしたちが返したのも含めて倉庫に眠っていた在庫を一掃しただけなのに、それが善意だって言うんですから。第一、水も食料も不足して困っているところに本送ってどうしろって言うんでしょうか。送られた側の町長さんもさぞ迷惑だったと思いますよ」

鬱憤《うっぷん》が溜《た》まっていたのか、書店員の舌鋒《ぜっぽう》はますます鋭くなる。

「刑事さん、本屋大賞ってご存じですか」

「名前くらいは」

「全国およそ六百人の書店員が〈いちばん！　売りたい本〉を投票して大賞を決めるんですけど、六百人もいれば趣味嗜好《しこう》はばらばらです。それでも百万部を売ったような本なら必ずベスト十位以内にはランクインします。でもですね、『うつろい』はベスト十位どころか圏外にも入りませんでした。六百人の書店員のうち誰一人としてあの本には投票しませんでした。つまりわたしたち書店員にとって、『うつろい』は〈いちばん！　売りたくない本〉だったんです」

次に大型古書店に赴くと、やっと現物を見つけた。同じ棚に二十冊は並んでいる。裏表紙に表示された定価は「千四百円プラス税」だが、上から貼られた値札はどれも百五円だ。奥付を確認すると発行は昨年十二月だから、たったの八ヵ月で九割以上値崩れした計算になる。

異常な値崩れにも驚いたが、本編を読んでもっと驚いた。犬養に小説の何たるかはよく分からなかったが、表現が稚拙でとても文学賞を受賞した作品とは思えない。この内容で三千万円の価値があるのなら、小説の世界はハイパーインフレが起きていることになる。

犬養はビブレ社についても調べてみたが、こちらの評判もひどく値崩れを起こしていた。ビブレ社は元々児童書を主軸に扱う出版社だったのだが、少子化に伴って売り上げは激減し、ここ数年は赤字続きだった。社内の内紛劇や、オリンピック選手の自叙伝出版に際して著者本人から出版差し止め訴訟を起こされるなど世評も芳しくない。『うつろい』を百万部売ったことで多額の利益は得たものの、累積赤字と会社の評価を下落させたことを考え合わせると手放しで喜べる話ではない。いや、『うつろい』事件をきっかけに何人かの社員が辞表を提出したという話を信じれば、結果として収支はマイナスになった観がある。

被疑者嵐馬シュウトこと本名荒島秀人が自白した動機は、全くの自己弁護ではなかったかも知れない——そう考え始めた頃、上がってきた篠島の検視報告を見て犬養は椅子からずり落ちそうになった。

直接の死因は凍死、とあったのだ。

「このクソ暑い八月まっただ中に凍死、ですか。あれだけ深くナイフで刺されているのに」

犬養が詰め寄ると、御厨は少し意外そうな顔をした。

「ほう。犬養隼人にして、まだその類《たぐい》の認識不足があったか」

「それは皮肉ですか」

「人の欠点を見つけることはなかなか楽しい。それが捜査一課のエースとあらば尚更《なおさら》だ。しかしまあ、胸のナイフに目を奪われるのも当然といえば当然か。ただ、あの刺切創には生活反応がなかった。死後しばらくしてから傷つけられたものだよ」

御厨は手近の椅子に座ってからファイルを扇子代わりに扇《あお》ぐ。

「人間の体温というのは外気温に関わらず、絶えず一定範囲内に保たれている。だが自律神経に異常を来すと、この体温調節が不可能になり、身体機能に支障を生じる。つまり自律神経の異常が原因だから、凍死は寒冷地だけで起こるとは限らない。たとえ真夏の太陽の下だろうが条件さえ揃えば凍死する。元々、凍死というのは特異的所見に乏しいが、低温下でヘモグロビンと酸素が結合し酸素ヘモグロビン濃度が高くなるので死斑《しはん》は鮮赤色になる。同様の理由で左右心室の血液の色調に差異が生じる。そして心臓血は流動性だが、摘出して放置しておくと凝固する。また今回の場合には別の要因からも凍死であることが推察される」

「何ですか」

「血液中のアルコール濃度だ。通常、血中アルコール濃度が0・16パーセント以上を急性アルコール中毒と呼んでいるが、被害者の血液を検査したら0・45パーセント。臨床区分でいえば泥酔期を超えていた」

「0・45パーセント……」

「アルコールというのは脳を麻痺《まひ》させる。摂取量が一定以上になると麻痺は心拍機能を制御する脳幹部、そして更に生命維持に関わる中枢部分までを麻痺させてしまう。血中濃度0・40パーセントを超えると一、二時間で泥酔者の半数は死亡する。歩行は困難、意識は混濁し、言葉も支離滅裂。一度転倒したら起き上がれない。アルコール摂取で血管が拡張しているから熱放散が促進される。公園のベンチに倒れ込んだら身動きできないまま体温が低下を開始する」

　香澄の証言によれば、篠島はこのところ毎日酒浸りだったと言う。これは御厨の所見と合致するものだ。

「体温が三十二度を下回ると自律神経系の麻痺が始まり、意識障害と感覚鈍麻が現れる。三十度を下回って心房細動などが不整脈になる。そして二十六度前後で生命臨界点を越える」

　泥酔した挙句の凍死。それでは事件ではなく単純な事故ということになる。

「じゃあ、どうして凍死体をナイフで刺すような真似を」

「それは本人に訊《き》いてみなければ分からん」

　幸いまだ嵐馬は所轄署で勾留《こうりゅう》中だ。高輪署に乗り込んだ犬養は、早速嵐馬を取調室に放り込んだ。

「殺人を売名に利用しようとしたな」

　そう切り出すと、嵐馬は一度だけびくりと肩を震わせた。

「司法解剖すれば殺人ではないことがすぐに判明すると踏んで、ひと芝居打ったんだろ」

「どうして、そんなことをする必要が」

「刑法第一九〇条死体損壊罪。死体、遺骨、遺髪、または棺《ひつぎ》内に蔵置した物を損壊、遺棄または領得した者は、三年以下の懲役に処する」

　犬養が読み上げるように告げると、嵐馬は次第に頭を落としていった。

「三年以下の懲役といっても、初犯だから執行猶予もつく」

「だから、どうして」

「たとえ一時でも有名になれれば、自分の作品も出版されるんじゃないか。同じく有名というだけで大賞をもらった篠島のように……そう考えたんだろう？」

「俺がどうやってそんな先まで予想して動いたってんだよ」

「お前の投稿作は法医学の知識を総動員したミステリーだった。当然、死亡推定時刻と体温変化の関係、そして生活反応のことを調べて知っていたはずだ。両方とも基本だからな」

犬養は俯《うつむ》いていた嵐馬の顔をぐいと上げさせた。

「一つ朗報だ。ビブレ社はお前の『幽玄の森』を書籍化する計画だ」

途端に嵐馬の表情が輝いた。

「ほ、本当に？」

「おめでとう、良かったな。殺人犯嵐馬シュウトの処女作が緊急刊行！　現時点で商品価値があると判断されたんだ。だが、その刊行予定を予定のまま終わらせる方法もあるぞ」

「……え」

「容疑が晴れたとして今すぐに勾留を解いてやる。もちろんビブレ社にも即刻連絡する。編集の日下某《なにがし》はさぞかし喜んでくれるだろう。何しろすぐに商品価値の下落する書籍を刊行せずに済むんだ。『うつろい』の大ヒットがあっても尚、累積赤字に苦しめられるビブレ社からはリスクマネジメントが機能したと評価されるはずだ」

「やめてくれ！」

「無実の人間をいつまでも勾留するような無法は許されないからな」

「せ、せめて本が出版されるまで待ってくれよ」

「こっちには待つ理由がない。それ、お帰りはあちらだ」

「頼むよ！」

上半身を立たせようとすると、嵐馬は机にしがみついた。

「一日の間、たった一日の間でいいんだ。俺の本が出てから……」

「じゃあ自分が何をすればいいか分かるよな」

声を落としてそう言うと、嵐馬は上目遣いに犬養を見た。雨に打たれた子犬のような目だった。

「あの日は十時くらいまでネットカフェで待機していました。その時間まで篠島が外出しないことは事前の下調べで分かってましたから。ここ数日はいつも十時過ぎになると、本人がコンビニに出掛けるパターンだったんです」

従って、嵐馬は当日もそのタイムテーブル通りに篠島の跡を追った。ところがその日だけは篠島が公園のベンチに横たわっていた。

「起こそうと身体に触ったらもう冷たくなっていたのでびっくりしました。刑事さんの言う通り法医学の知識を聞きかじっていたので、死んだのが数時間前だということは分かりました。俺はそれまでネットカフェの監視カメラに映りまくってたからアリバイはちゃんと成立している。もう死体になってるから首を絞めようがナイフを刺そうが大した罪にはならない。だから、あんな嘘を吐いたんです」

狂言を企てた動機も犬養の指摘した通りだった。

「ビブレ社は以前にも獄中にいる犯罪者の手記を出版してベストセラーにしたことがあ

りました。だから篠島絡みで世間の注目を集められたら、確実に俺もデビューできると思ったんです」

推測していた回答だったが、それでも現実に本人の口から聞くと、形容しがたい違和感を覚えた。

「確かに重い罪じゃないし執行猶予がつく可能性は高い。だが執行猶予がつかず、三年の懲役を喰《く》らう可能性だってゼロじゃない。そうなれば前科がつく。処女作を出版するのは、前科持ちになることよりも大事なのか」

「そんなの当たり前じゃないか」

嵐馬は分かりきったことを訊くなと言わんばかりだった。

「何も悪させずに泥濘《ぬかるみ》の中で泳いでいるより、前科一犯でも作家として持て囃《はや》された方がずっといい。訊くまでもない」

「最初は物珍しさで本を買う者もいるだろう。しかしタレント本の類が長期間売れるはずないだろう」

「篠島の本は百万部売れたじゃないか！」

嵐馬は絶叫する。

「あんな程度の低いものが売れるのなら俺の本はもっと売れる」

「仮に懲役三年を喰らったらどうするつもりだ。デビューしたものの三年間も沈黙していたら文壇からも読者からも忘れられるんじゃないのか。判決が出た時点でお前はケチなコソ泥よりも小物に成り下がるんだぞ」

「二作目はもっと傑作にすればいい。衝撃的なデビューをするんだから、皆は俺が塀の中から出て来るのを、ずうっと待ってくれているはずだ」

嵐馬は熱に浮かされたように喋《しゃべ》り続ける。

「大手の出版社が俺の原稿を奪い合うんだ。デビュー作で度胆《どぎも》を抜かれた読者たちは、書店で俺の次回作を我先に買っていく。そうして、俺は、時代の寵児《ちょうじ》になって」

「本気でそう思っているのか」

声を落として噛《か》んで含めるように訊《たず》ねる。嵐馬は押し黙る。そしてしばらくするとその肩が小刻みに震え出した。

「選考状況は俺も聞いている。篠島の受賞疑惑はともかくとして、本当に職業作家としてやっていく自信があるのか。日下さんが言っていたよ。応募するヤツのほとんどは作家というステータスが欲しいだけで、小説なんか書きたがらないってな。お前はどっちなんだ」

「……うるさいな」

「三十四歳無職という境遇に耐えられない。自分を軽く扱うヤツらを見返してやりたい。自分はお前らと違う存在なんだと言ってやりたい。だが、その手段がない。誇示する舞台がない。だから投稿を繰り返す。自分に才能がない事実からは目を背け、一円のカネにもならない原稿を書き続け、また落選する。それでも甘い夢から醒《さ》めるのが嫌で投稿し続ける。夢から醒めたら、怖い怖い現実と向き合わなけりゃならないからだ」

「うるさい！　うるさい！」

嵐馬は机に突っ伏して動かなくなった。やがて聞こえてきたのは腹の底から搾り出すような声だった。

「……言われなくても知ってるよ、そんなことは。俺だけじゃない。こういう新人賞に応募しているヤツらの大半はそうだよ。だけど、それが悪いのかよ！」

「悪いとは言わんが、その努力と情熱を他に向ければ別の成果が期待できる気はするな」

「別の成果でも普通じゃ駄目なんだよ！　人生を大逆転させるくらいのインパクトがなきゃ意味がないんだ」

ゆらりと上げた顔には道に迷った五歳児の顔が貼りついている。

「就職に失敗してから派遣社員になったけど、不景気になったら真っ先に切られた。今まで俺は特別だと信じていたのに全然そうじゃなかった。世の中はどこも俺なんか必要としていなかった。だから俺は……俺は」

「特別じゃなかったら駄目なのか」

犬養は詮無《せんな》いことと知りながら言う。嵐馬は病気に罹《かか》っている。自己治癒もできず、特効薬もない病気だ。放っておけば魂が食い潰《つぶ》され、こんな風に真っ当でなくなってしまう。恐ろしいのは、この病が嵐馬だけではなくもっと多くの人間に蔓延《まんえん》している可能性だった。日下の言葉を信じれば罹病者《りびょう》は数千人単位にも上る。

「毎日同じ時間に起き、同じ電車に乗って一日を終える。給料が少ないと愚痴をこぼしながら、それでも家に帰って家族とテーブルを囲む。普通でいること、普通を維持することはお前が考えている以上に大変で毎日が闘いの連続だ。健康を損なっている者なら尚《なお》のことな。お前は、そういう闘いから目を背けているだけじゃないのか。自分に戦闘能力がないと決めつけて敵前逃亡しているだけじゃないのか」

刑事が被疑者に掛ける言葉ではない。年齢も一つしか違わない。それでも訊ねずにはいられなかった。

「容疑は殺人罪から死体損壊罪に切り替える。このことは記者発表で公表するからな」

しばらく嵐馬は恨めしそうに犬養を見ていた。

3

「それで死体損壊罪というのは大層重い罪なんですか」

日下は不機嫌そうな顔で犬養に訊ねた。

「窃盗罪が十年以下の懲役、軽犯罪法違反が拘留及び科料ですから、罰の軽重だけみれば軽犯罪に近いでしょうね」

「軽犯罪。つまりは立ち小便程度ってことですか。いや、それは何とも」

応接室の椅子に座った日下は天を仰いだ。

「軽犯罪だったのが残念そうですね」

「そんなことはありませんよ。ええ。断じてそのようなことは。ただ刊行予定は変更せざるを得ないなあ」

「何故ですか」

「決まっているじゃないですか。著者が殺人犯ではなく単なる軽犯罪法違反だったら読者の興味は半減します。いや、半減どころじゃなくゼロだ。これでは出版しても仕方ない」

作品の内容などどうでもいい——日下のあからさまな態度はいっそ清々《すがすが》しかった。

『うつろい』の文庫版と抱き合わせで出版すれば相当な相乗効果が見込めたのにな。最初に事件を聞いた時は嵐馬くんの行動に驚愕《きょうがく》したものだが、蓋《ふた》を開けてみれば死体に傷をつけた程度とは情けない」

早くも語るに落ちている。やはりこの男にとって、嵐馬は凶悪無類の殺人犯でなければならなかったらしい。

「情けないと言えば篠島くんだって情けない。人の恨みを買って殺されるならまだしも、酔い潰れた挙句の凍死ですって？　みっともない。いっそ遺書でも残しておいてくれたら少しはマシだったんだが」

「篠島さんの書斎で書きかけの原稿を発見したんです」

「書きかけの原稿ですって！」

「タイトルだけでしたがね。『うつろい』の続編を執筆する予定だったようです」

「アレの続編って……あーあ、あれだけ叩《たた》かれたっていうのに全然分かってなかったんだな」

日下は呆《あき》れた声を発したが、目の前の犬養に気づくと慌てて視線を逸《そ》らせた。

ここで知らぬふりをするのは却《かえ》って失礼に当たるだろう。

「先日のお話では大賞に相応《ふさわ》しい作品のはずではなかったんですか」

睨《にら》むでも責めるでもなく、ただじっと視線を固定していると、やがて根負けしたように日下が息を吐いた。部屋のドアが閉まっていることをちらと確認してから犬養に向き直る。

「刑事さん、『うつろい』はお読みになりましたか」

「先日、読み終えたばかりです」

「じゃあ話が早い。あんな小説に大賞という冠を載せて売り出す。それがこの会社の営業方針なんです」

日下は戒めを解かれたのか、表情をすっかり緩めた。

「きっかけはわたしの元上司が出版プロデューサーをしていましてね。ある日、篠島タクを鳴り物入りで文壇デビューさせないかと持ち込んできたんです。当時仕事を干されていた篠島は『うつろい』の原稿を何社かに持ち込んでいたんですが、どこからも相手にされなかった。まあ妥当な判断でしょう。ウチはウチで賞金三千万円の文学賞を主催していたにも拘《かか》わらず、ここ数年は受賞作がなく廃止の声も上がっていた。利害の一致ですね。社内でも反対意見はあったが、社長の鶴の一声で授賞が決まりましたよ」

「嵐馬を含めたその他の投稿者は堪《たま》ったものじゃないですね」

「彼らに同情はしますが。しかし出版は文化事業である以前に営利事業ですからね。綺《き》麗《れい》事を言っていたんでは飯が食えない」

「だが、それで顰蹙《ひんしゅく》を買った」

「顰蹙はカネを出してでも買え、というのがウチの社訓でして」

自嘲《じちょう》気味に嗤《わら》う顔はどこか哀れを誘う。当然かも知れない。自分が棲《す》む場所の汚泥を誇るのは魚くらいのものだ。

「他社の編集仲間にも散々文句を言われましたよ。お前の会社がしたことで、他の新人賞が同様に思われたら迷惑だと。はん、知ったこっちゃありません。この出版不況のさなか、悔しかったら真っ当な商売して真っ当な利益をあげてみればいい」

「あなたのことを少し見直しました」

「はい？」

「自分や自分の組織を正当化する人間より、ちゃんと現実を認識している人間の方が信頼できる。自分や他人の能力を正しく評価できるから、仕事上での失敗が少ない」

「それはどうも」

「その正確な人物評価があったからこそ、あなたは嵐馬に篠島殺害を吹き込むことができた」

「……何ですって？」

「嵐馬は全部自供しましたよ。以前ビブレ社に抗議に行った際、日下さんと話をした。篠島を殺せばセンセーショナルに文壇デビューできる。元はと言えば日下さんから勧められたことだったと」

「馬鹿な！」

「もちろん、命令とか依頼とかのニュアンスではない。もっと言質《げんち》を取られないような婉曲《えんきょく》な誘惑。嵐馬には可能な限り正確に思い出してもらいました。あなたはこう言ったんですってね。『篠島のあんな小説がヒットしたのも、あいつが有名人だからだ。内容は関係ない。だから君も有名になりさえすれば本なんか簡単に出版できる。だが君が有名になるにはよほどのことをしなきゃならないだろうな。それこそ犯罪紛《まが》いのことでもしないと』。どうです？　ちゃんと正確に再現されていますか」

犬養が諳《そら》んじるように言うと、日下の顔はみるみるうちに不安の色に染まっていく。

「今度も彼の狂言ですよ。責任を自分以外の人間におっ被《かぶ》せるつもりだ」

「やりもしない殺人をしたと吹聴《ふいちょう》するような人間が、普通責任回避なんかしますかね」

犬養は日下の目から一時も視線を外さない。

「もちろん嵐馬は録音機を持っている訳じゃない。あなたから唆されたことを法廷で立証することは不可能だ。仮に立証できたところで、この程度の言葉が殺人教唆に該当するのかどうか、それもまた判断は分かれるだろう。いずれにしてもあなたが罪に問われる心配はなさそうですね」

次第に日下の表情から警戒の度合いが薄れていく。言葉よりもずっと態度が正直な男だ。仕草を観察しているだけで尋問の手間が省ける。

「これはあくまでも嵐馬の死体損壊容疑を補強するための事情聴取です。そんなに緊張しなくても結構ですよ」

「……まさか本当に実行に移すとは思わなかった」

「認めますか」

「こちらとしても雑談の延長として話しましたから。刑事さんの仰《おつしや》る通りですよ。彼には、有名になるためには犯罪めいたことでもしなきゃ駄目だと言いました」

殺人、と明言しないところが日下の用心深さだった。

「その辺の事情は篠島と一緒ですよ。箸《はし》にも棒にもかからない素人の駄文を商品化するんだ。よほど派手なパッケージにしなけりゃとても売れない。嵐馬くんの場合は世間から非難囂々《ごうごう》とされるくらいでちょうどよかった」

「しかし、そんなキワモノは長続きしないでしょう」

「長続きさせる必要なんてありません。どうせ篠島くんも嵐馬くんも使い捨てなんですから。ちゃんとした作家は他社で発掘してくれる。ウチは他社で育ててくれた作家を使い回せばいい。どのみち、デビューする新人のほとんどは五年もすれば淘汰《とうた》される。むしろ、わたしたちのしていることは市場に活況を与えることになる」

活況か——字面に反して何と寒々しい言葉だろう。束の間の栄光のために人生を削る者たちの行く末を思うと心が冷えた。

「それにしても刊行前に発覚したのは計算外だったな……刑事さん、何とかその発表を二週間ばかり先送りすることはできませんかね？」

犬養は今度こそ開いた口が塞《ふさ》がらなかった。殺人を唆した者と唆された者が同じことを言っている。

「つくづく生き馬の目を抜く業界なんですねえ。そんな風に報道を遅らせるよりも、ある社はもっと敏捷《びんしょう》に動いたようですよ」

「えっ」

日下の身体は一瞬、凝固したようになった。

「ある雑誌社は嵐馬の単独インタビューを目論《もくろ》んでいますよ。投稿作品の書籍化はされませんが、ビブレ社の内部事情と併せてスクープする予定と聞きました」

「冗談じゃない！　そんなことをされたら」

「ええ。そんなことになったらビブレ社の悪評だけがますますクローズアップされることになる。あなただって高みの見物という訳にはいかなくなってくる。法的には追及されるものではないが、良識派の矢面に立たされることは必至でしょう」

腰を浮かしかけた日下を犬養は手で制した。どうせゆっくりと腰を落ち着かせているのも今のうちだ。

「マスコミを利用して儲《もう》けようとしたんだ。今更マスコミに利用される破目になっても文句を言えた義理じゃないでしょう？」

4

「じゃあ、主人は殺された訳じゃないんですね」

香澄は、ほっとした顔で犬養の報告を聞いた。

「安心されたようですね」

「ええ。他人の恨みを買って殺されるなんて、あの人らしくないと思ってましたから」

「恨みは買わなくても利用はされますよ。『うつろい』が文庫化される話はビブレ社から聞いているでしょう」

「はい。でも、それは有難いお話なので承諾しました。『うつろい』がまた沢山の読者の手に渡るのなら、あの人も本望だと思いますから」

「いや、その話は中止になるかも知れませんよ」

「えっ」

「ご主人の死が事件ではなく単なる事故なら、今出版しても意味がない。ビブレ社ではそういう意見があるそうです」

「そんな……作者の死に方で本の売れ行きが変わるんですか」

「少なくともビブレ社はそう考えているようです」

「何て出版社なんだろう！」

香澄は憤りを隠さなかった。

「人の生き死にまで商売に利用するなんて……これじゃあ、死んだ篠島は浮かばれません」

「確かにそうですね」

「あ、あの出版社は篠島が生きていようが死んでいようが本さえ売れたらいいんです。血も涙もないなんてこと、本当にあるんですね」

「それには同意しますよ、奥さん。血も涙もないことは世の中に蔓延《まんえん》しています。それも案外、身近にね」

不穏な口調に香澄が反応した。

「刑事さん。それ、どういう意味ですか？」

「最初に伺った日、ご主人が直前まで使用されていたグラスをお預かりしました。憶《おぼ》えていますか」

「ええ」

「鼻を近づけると柑橘類《かんきつるい》の匂いがした。レモン酎《ちゅう》ハイかと思いましたが、篠島さんは焼《しょう》酎《ちゅう》ロックしか呑《の》まないと言う。そこで鑑識に回すと、妙なことに二種類のアルコールとレモン果汁が検出されました」

犬養は焼酎の瓶が並んだ棚に近づく。

「両方とも高純度エタノールには違いないのですが、そのうちの一種は糖蜜《とうみつ》類を原材料にしたもの。そしてもう一種は穀物を原材料にしたものでした。糖蜜類を原材料にしたものはここに並んでいる焼酎、正式には焼酎甲類と呼ばれるものですが、穀物を原材料にしたものはウォッカでした。つまりあのグラスには焼酎とウォッカの二種類が注がれていたんです。変ですよね。焼酎ロックしか呑まない篠島さんには有り得ないことです。そして焼酎甲類のアルコール度数は三十六度未満。しかしそれに対してウォッカは九十度近いものまである」

困惑顔の香澄をよそに、犬養は焼酎の瓶を代わる代わる取り出してラベルを見る。

「とにかく早く酔っ払いたいヤツは焼酎にウォッカを混ぜるようですな。するとアルコール度数は一気に上がる。いつものペースで一杯呑めば、三倍近くのアルコールを摂取してしまう訳です。ただ、それではあまりにアルコール臭がきつくなってしまう。さあ、そこでレモンが登場します。ウォッカが混ざってアルコール臭くなったところにレモン果汁を垂らすと、たちどころに臭いが掻《か》き消されてしまうんですな。酒呑《さけの》みの知恵だが、ある相手を泥酔させようとする者には悪知恵にもなる。泥酔した相手を外に放り出し、急性アルコール中毒からの凍死を目論む者には殺人の手段にもなる」

「そんな！　いくら酔っ払ったからといって、この季節に凍死するなんて想像もしません」

「いいえ。あなたは知っていました」

犬養は懐から一枚の紙片を取り出した。

「これは数年前の新聞の縮刷版です。八月二十日、とある大学のコンパで一気呑みさせられた学生が皆と別れた後、路上で凍死してしまった事故が報じられています。この大学生の所属していたゼミにあなたの名前もありました。そうですよ、香澄さん。あなたはこの事故で真夏でも凍死することがあるのだと知ったんです」

しばらく黙っていた香澄がひどく醒《さ》めた目で犬養を見た。

「わたしが篠島の凍死を狙っていたという証拠はありません。それに泥酔するほど酔っ払った人を外に出しても凍死するとは限らない」

「ええ。これはあくまで状況証拠でしかない。また凍死する可能性に賭《か》けたというのは未必の殺意と言いましてね。なかなか立証が困難です。しかし昨今は状況証拠だけでも有罪判決になるケースが増えていますから、検察も起訴を見送るような真似はしないでしょう。ああ、それからもう一つ」

「まだ、何か」

「ご主人が愛用されていたパソコンですが、あれはスリープの状態でした。電源を入れると文章が変更されているという警告が出ましてね。ところが文面にはタイトルしかなかった。つまり最前まで保存状態にあった文章が削除され、しかし上書き保存はされていなかったんです。削除された文章はすぐに出てきました」

犬養は更にもう一枚の紙片を取り出す。

「こんな文章でした。『うつろいは季節の専売特許ではない。時代も流行もまるで秋空の雲のようにうつろう。僕の周囲では妻の態度がそうだった。以前は太陽のように温かだった妻が今はまるで北風のように冷たい。それはまるで目盛りを思いっきり強にした冷蔵庫のように……』」

「ちっ」

その微《かす》かな舌打ちで、貞淑な妻の仮面が剝《は》げ落ちた。

「自身に不利な証言をする必要はありませんし、わたしも言質を取ろうとは思いません。しかし、ご主人が受賞後第一作にこんな書き出しをした理由に思い当たることはありませんか」

香澄の唇だけが笑っていた。

「わたし、篠島の才能に惹《ひ》かれて結婚したんです。デビューした時には輝いて見えました。でも歌手の才能は見かけ倒しで、一発逆転で発表した処女作もヒットはしたけどこちらの才能がないことも分かった。当分おカネには困らないけど本人は毎日呑んだくれている。輝くダイヤだと思ったらただの石っころだった。これって、ひどい裏切りだと思いません？」

成る程、香澄にしてみれば自分も詐欺の被害者という理屈か。

考えてみれば、今回の事件は皆が自分こそ被害者だと思っている。だが犬養には別の見方がある。

全員が加害者だったのだ。

四　青い魚

1

「だからさあ、亮《りょう》さんはその辺が欲がないっていうか損なところなんだよねえ」

恵美《えみ》の物言いは相変わらず年上を年上と思っていない。だが、それが逆に心地好《よ》い。

「損、なのかなあ。だって婚姻届一枚の話だろ」

「今はまだ九月でしょ。十二月になってから籍を入れるとね、遡《さかのぼ》って今年十二ヵ月分の扶養控除が戻ってくるの。今、入籍するともったいないよ」

「戻ってくるって、いくらぐらい？」

「亮さんの収入だと八万円程度。ね、馬鹿にできない金額でしょ」

八万円、確かに馬鹿にできない金額だ。それにしても扶養控除の返還などということは今まで考えたこともなかったので、帆村《はんむら》亮は微《かす》かな違和感を覚えた。自分が誰かを扶養する――死んだ両親がそれを聞いたら、きっと誇らしい顔をするだろう。

「だから入籍は十二月、式は来年になってから。別にいいでしょー？　実質的にはもう夫婦なんだしさっ」

そう言って恵美はしなやかな腕を亮の首に巻きつける。途端に甘い香水の匂いが鼻腔《びこう》をくすぐった。恵美の腕は頑丈な鎖と一緒だ。こうされると亮は何も抵抗できなくなる。

本橋《もとはし》恵美が亮の自営する釣具屋に初めて現れたのは三ヵ月前のことだった。竹製からグラスカーボン製までずらりと並んだ竿《さお》のコーナーで途方に暮れたように立ち尽くしていたのだ。

どのような品物をお求めでしょうか？　いつものように貼りつけた営業スマイルは次の一言で吹っ飛んだ。

「魚が釣れる竿」

訊《き》けば今まで釣り堀で糸を垂れたことさえないと言う。改めて見ればフリルのついたスカートが様になっていて、釣り船の上よりは表参道《おもてさんどう》を歩いた方が似合いそうな女だった。

竿選びよりも先に教えることがある客だな。そう思った亮は、まず釣りに合ったファッションから説明することにした。最近は釣りが密《ひそ》かなブームになり若い女性客も見かけるが、中にはライフジャケットの着用が嫌で早々と匙《さじ》ならぬ竿を投げる者もいるからだ。

ライフジャケットのサイズを合わせたり、疑似餌《ぎじえ》の種類を説明するうち次第に打ち解けてきた。会話の場所が店の中からレストランに、そしてホテルの一室になるまではあっという間だった。

今年で四十五歳、今まで心が浮き立つような恋愛沙汰《ざた》とは無縁だった人生に訪れた遅い春。しかも相手はまだ二十代で小顔の美人だ。
　最初、自分にはとんでもなく不釣り合いな色恋だと思った。毎朝覗《のぞ》く鏡を見れば、そ
こに映るのはくたびれてはや老醜が目立ち始めた中年男の顔だ。蓼食《たで》う虫も好き好きと
言うが、こんな男を選ぶ虫は物好きを通り越して異物嗜好《しこう》にしか思えない。
　それでも恵美は亮を素敵だと言ってくれた。艶《つや》を失った肌や白髪の交じった髪がセク
シーだと言ってくれた。戸惑いがちに同い年の友人に訊いてみると、最近は年の差婚が
流行《はや》っていて経済力のない若年層よりも中年層を結婚相手に選ぶ女性が増えているらし
いというので少しだけ合点した。
　考えてみると自分の人生には華と呼べるものは何もなかった。艶っぽい話もなく他人
が羨《うらや》むような景気のいい話もなく、父親の商売を引き継いだ途端に両親は他界、このま
ま釣具屋の親爺《おやじ》で一生を終えるかと思った矢先の出逢《であ》いだった。一つくらいはこんな出
来過ぎな話があってもいいと思ったのだ。
「それよりさー、明日《あした》は船出すんでしょう。どこまで行くの」
「うん、明日はちょっと沖合まで行ってみようと思って」
「沖合？」
「今はハギが美味《うま》いんだよ」
「ハギって？　恵美、その魚は初めて聞く」

「色んな種類があるけど一般にはカワハギが有名かな。よくフグの代用品にされるけど旬のハギは下手したらフグよりも美味いよ」

「ええっ、フグよりぃ！　でもフグって毒があるからフグ調理師免許が要るんじゃないの」

「だからさ、ハギには毒なんてないから肝も酢漬けでそのまま食べられる。名前の通り皮を剝《は》ぎやすいから素人でも簡単に調理できる」

「その素人ってあたしのこと？」

「ははは。未《いま》だに魚を三枚に下ろせない恵美に任せると思うか。全部、俺がやるから見ているだけでいいよ」

「だから亮さんたら大好きぃ」

いきなり恵美が抱きついてきたので亮は畳の上に倒れ込んだ。

ちょうどその時、ドアを開けて由紀夫《ゆきお》が現れた。

「あのさ、亮さん。仲がいいのは結構だけど、そーゆーのは実の兄貴の前ではちょぉっと控えて欲しいなあ」

「それ以前にノックをするのが礼儀でしょっ」

慌てて身を離した恵美が唇を尖《とが》らせて抗議するが、由紀夫はさして反省する風もなくへらへらと笑っている。

「そりゃそうだけど、ここまで気安くなると遠慮がなくなるのも事実でねぇ。ごめんな、亮さん」

「あたしに詫《わ》びはないのか！」

「アソコに毛が生えるまで一緒に風呂《ふろ》に入ってた妹に今更詫びるような局面じゃねーだろ」

「セクハラ！　今の発言はいくら肉親でもセクハラだ！」

「遠回しに祝福してやってんだ。セクハラなんて成立しねーよ」

由紀夫は快活に笑い飛ばす。

この男は自分より十も年下なのに、ひどく老成した印象がある。そのくせ年上への気遣いも忘れないので好感度が高い。

由紀夫が亮の家に転がり込んできたのは恵美に遅れることひと月だった。恵美が亮と同棲《どうせい》していることを聞きつけ挨拶《あいさつ》がてらやって来たのだが、ひと晩ふた晩と祝宴を重ねるうちにいつの間にか居ついてしまったのだ。

いくら同棲相手の実兄とはいえ、突然同居人に加わってしまったのには困惑した。だが、由紀夫の開放的な性格と恵美の嬉《うれ》しそうな態度に押し切られる格好で、現在の奇妙な共同生活が続いている。

しかし理由はそれだけではない。何よりも亮自身がこの生活を好ましく思い始めていた。母親が、次いで父親が死んでからは一人暮らしが続いたが、家族の団欒《だんらん》を知っている者にとって孤独は緩やかに効く毒薬と同じだ。一人きりの居間で黙々と箸《はし》を動かし、語り合う者もいないまま床に入り続けていると、胸の中に虚《うつ》ろが広がっていく。それはテレビのお笑い番組を見ても酒を呑《の》んでも埋まらない虚ろで、およそ人間の悪しき感情を培養する場所になる。

その虚ろを埋めてくれたのが由紀夫と恵美の兄妹《きょうだい》だった。亮もそのことは自覚しているので、二人に感謝こそすれ迷惑がるつもりは毛頭なかった。

「それでいったい何を楽しそうに話してたんだよ」

「明日の船釣りー。亮さんがハギ釣って捌《さば》いてくれるんだって。今の時季はフグより美味《おい》しいんだってさ」

「へえ、フグよりかい。そいつは楽しみだな」

「ただ新鮮さが重要だからね。釣ったその場で捌いて船上で食べてもらう」

「おお、そりゃあ贅沢《ぜいたく》だ」

「贅沢も何も、釣具屋のせめてもの役得だよ。ああ、だから朝飯は抜いてもらうよ。たっぷり船上でのランチを満喫して欲しいから」

するとと恵美が心配そうに口を出した。

「大丈夫、亮さん？　朝御飯抜いて、その挙句にボウズだったらあたしたちが船の上で干物になっちゃうよ」

「確かに素人には難しいけどさ。この時季にハギを釣れないようだったら、釣具屋なんか廃業した方がいい」

少し怒ったように言うと、由紀夫と恵美は顔を見合わせてくすくす笑い始めた。亮はそれを見て、自分はこんな安らぎを求めていたのだとつくづく思い知った。

その時、店先から声がした。

「おーい、いるか」

声だけで誰かが分かる。亮は溜息《ためいき》を吐きたいのを堪《こら》えて店に出た。

「よお」

店先に風体の良くない男が両手をポケットに突っ込んでいる。それだけで充分に営業妨害だったが、三白眼と薄い眉《まゆ》が殊更人相を悪くしている。

「何の用だ」

「何の用だって。実の弟にそういう言い方はないだろ」

照之《てるゆき》は唇を尖らせて言う。

「長らく家に寄りつかなかったのに、最近になってちょくちょく顔を出す。何か用事があると思うのも当然じゃないか」

「ふた親とも死んじまったんだ。子供じゃあるまいし毎日毎日実家に来れるもんかよ」

「ふん。二人が生きていた時だって碌《ろく》に顔を見せたことなかったじゃないか」

「ちっ」

照之は舌打ちして顔を背ける。都合が悪くなるとこちらの顔を正視しないのは相変わらずだった。

五つ違い、血を分けたたった一人の兄弟。しかし中学の頃から素行が悪くなり、夜の商売を転々とするうち暴力団員になってしまった。だから家に寄りつかないことを責めはしたが、亮にとっても照之の顔を見ないに越したことはなかった。

血を分けた肉親よりも他人の方が心安い。いや、血を分けているからこそ愛憎が歪《ゆが》むのかも知れない。

「いつ来ても暇そうな店だな。よく潰《つぶ》れないもんだ」

「放《ほ》っとけ」

「釣具屋なんてのは薄利多売だからな。どうせ親父の代からの常連でどうにか食いつないでるんだろ」

さすがに実家の商売なので、照之もその辺りの事情は承知しているらしい。

たとえば名人の手になる高級竹竿であったり、最新素材の竿なら値が張る物もあるが、大半の釣具は小遣い銭で買える。店主が釣り好きなら自然に客と交流ができ、常連客もついてくる。だから大儲《おおもう》けもしない代わりに大損もせず、不況にも強くブームも持続すると言われている。

「何だ。今更、実家の商売に興味が湧いたのか」

「ふん、そんなもんあるかよ。貧乏臭い商売だと思ってるだけだ」

「じゃあ、何の用事だ」

「今日も来てるのか、あの二人」

二人、というのは本橋兄妹のことだ。

「当たり前だ。ずっと同居してるんだからな」

「さっさと追い出しちまえよ、そいつら」

「何を言い出すかと思えば……」

「女だけじゃなくて、その兄貴まで同居だと。いったい、どんだけおめでたいんだよ。ここはいつから無料宿泊所になった。どうせお前の財産目当てで転がり込んだに決まってる」

「俺の財産だと？　財産なんてこのちっぽけな店一軒きりしかないぞ」

「建物ごと居抜きで売れば結構なカネになる」

「ヤクザの考えそうなことだ」

「素人は素人な分、タチが悪い。ヤクザは加減ってのを知ってる。必要ないことまではしない。だが素人は加減を知らないから、しなくてもいいことにまで手を染める」

「黙れよ」

亮は照之の腕を摑《つか》んで店の外に連れ出す。これ以上、照之の話を奥の二人に聞かせたくはなかった。

「お前みたいな生活をしていると誰でも彼でも悪人に見えるんだな」

「そりゃあ違う」

照之は皮肉な笑みを浮かべて言う。

「人間は皆、悪人さ。ただ程度の差があるだけだ」

「お前って奴は」

「昔っからモラリストだった亮は認めたくないだろうな。人間は誰だって悪意を胸の裡《うち》に抱えている。俺たちヤクザの悪意なんざ表に出ているだけ可愛いもんさ。何せ看板だからな。それが普段は隠れている素人は始末に負えない」

「あの二人の悪口は許さない」

「悪いことは言わねえ。この店の権利をいったん俺に預けろ」

「何だと」

「登記上の手続きだけだ。店の土地建物の名義を俺にしろ。そうすればあいつらもお前を狙う目的を失う。もちろん、あいつらがこの家を出て行ったら名義をまた元に戻せばいい」

「怪しいもんだな」

「ちったあ弟の言うことを信じたらどうだ」

「信じられたきゃ、信じられるような人間になれ」

「けっ」

照之は言葉と一緒に唾《つば》を吐く。

「本当に言うこと為《な》すこと変わんねえんだな。中坊の頃とまるきり同じだ」

「その言葉そっくり返してやる」

「後悔すんじゃねえぞ」

「後悔するような人生は送ってない。お前じゃあるまいし」

「俺だって後悔はしてないぜ。こんな釣具屋の親爺《おやじ》で終わるような人生なんざ真っ平だからな」

照之は肩を揺すりながら背を向ける。

「また、来る」

「もう、来るな」

振り向きもせずに照之は片手をひらひらと振りながら立ち去って行く。亮はその背中に向かって、いっそ捨て台詞《ぜりふ》を浴びせてやろうかと思った。

店に戻り、奥に引き返すとすぐに雰囲気の変化に気がついた。恵美も由紀夫も気まずそうに畳に視線を落としている。

「あ、あたしお茶淹《い》れてくるね」

居たたまれない様子で恵美が席を立つ。やはり照之との会話がここまで筒抜けになっていたようだ。

「悪かったね、由紀夫くん。もし聞こえてたのなら、あいつの言ったことなんか気にしないでくれよ。どうせヤクザ者のいちゃもんなんだから」

「いや、謝るのはこっちだよ、亮さん」

由紀夫は萎《しお》れた花のように頭《こうべ》を垂れる。

「本当はこんな風に兄妹揃って居座るなんて非常識ってのは分かってたんだけど、あんまり居心地がいいもんだから……俺もさ、ケータイ一本でできる何でも屋で事務所も不要で、なるべく恵美の傍にいてやりたくって……ああ、駄目だ。全部言い訳になってるな」

「気にするなよ」

「もし迷惑だったら俺は出て行くから」

「ちっとも迷惑じゃないよ。元々は三人家族だったから家の広さもちょうどいい」

「恵美はあの通り、見かけよりはずっと精神年齢低くって俺が近くにいないと何しでかすか心配で心配で」

普段は泰然自若としているのに、恵美のことになると途端に慌て出す。こんなところも亮が由紀夫を気に入った一因だった。

「兄妹仲が良くて羨《うらや》ましい限りだよ。俺の弟なんてああだぜ。同じ血が通っているのが煩わしいったらない。だから由紀夫くんたちとはなるべく顔を合わせさせたくないんだ」

本橋兄妹と照之を会わせたら必ず禍《わざわい》が起きる。それだけは避けなければならない。

「俺が恵美ちゃんと結婚したら、ますますこの店に入りづらくなって自分が乗っ取ることが難しくなる。そうなる前に何とかして権利を奪おうとしている」

「でも、また来るって言ってたよ」

「来たって家の敷居はまたがせない」

「俺たちのせいで兄弟の間に罅《ひび》が入ったみたいで何だか心苦しいな」

「仲が悪いのは今に始まったことじゃない。由紀夫くんが気にするこっちゃないさ」

「亮さん。本当にこれで良かったのかい」

　由紀夫は真剣な目で亮を見つめる。

「恵美はああいう性格だから後先考えずにやって来て押しかけ女房を気取ってる。それなのに亮さんは迷惑な顔一つしない」

「別に迷惑じゃないから」

「入籍も結婚式の日取りもあいつが勝手に決めてるみたいだし」

「結婚式は花嫁が主役で、男は単なる添え物だっていうからな」

「生命保険の受取人も恵美になってる」

「俺が納得した上でのことだ」

「早くも亮さんを尻《しり》に敷こうとしている」

「夫婦円満の秘訣《ひけつ》らしいじゃないか」

　問答を繰り返していると、次第に由紀夫は口元を綻《ほころ》ばせてきた。

「全く亮さんみたいな人は珍しいよ。あのさ、恵美に釣られたって意識あるかい？」

「いつも釣《と》ってる立場だからたまには釣られるのも悪くない」

「ミイラ盗りがミイラになるって？」

「干物は釣ったことがないな」

遂に由紀夫は笑い出した。

「俺はね、亮さん。恵美のことを少し見直したよ」

「何をさ」

「色々と間違いの多い妹だけど亮さんを選んだのだけは正解だった」

「それはどうも」

「俺の方はさ、今の仕事が軌道に乗ったらすぐに出て行く。多分ここ一ヵ月くらいのことだと思う」

「急ぐことないよ」

「新婚家庭にこれ以上長居してたら俺の方がどうにかなっちまう。これでも健康な成人男性なんだからね」

その時、恵美が襖《ふすま》の隙間から顔を覗《のぞ》かせた。

「あ。雰囲気、元に戻った」

そう言って、ちゃっかり亮の隣に座る。

「恵美よー。お前っていっつも面倒な場面になったら逃げるのな」

「だってえ、空気読んだり変えたりするのお兄ちゃんが得意じゃない。あたしがいたって何の役にも立たないよー」

恵美が面倒を嫌がるというのは頷《うなず》けた。そして逆に由紀夫は根回しや細部の確認が好きだ。役割分担としてはよくできている。

この兄妹《きょうだい》の仲の良さが長年続いたのは、それが理由の一つなのだろうと思った。

2

朝の七時前だというのに、空気は残暑の名残でまだ重く湿っている。

亮と本橋兄妹の三人は浦安《うらやす》の船着き場にいた。

帆村釣具店所有のボートは十五馬力で全長五メートルの小さなものだ。今は多少条件が緩和されているが、以前はこんな小さなボートを扱うのにも四級小型船舶免許が必要だった。

店頭は言うに及ばず、川辺や船上も常連客との大事な交流の場だ。ポイント、リールの選択、狙う獲物の癖など情報を提供することで信頼を得ていく。逆に客と同じ条件下で糸を垂らし、釣果がなければ面目丸潰《まるつぶ》れになるので、船釣りをするからには相応の腕前が要る。

当然ながら亮にも素人に負けない程度の自信はある。本日の目当てはハギ。そのためのポイントは既に押さえてある。腹一杯食べてもらうために恵美と由紀夫にはちゃんと朝食を抜かせてある。

「コンビニでおにぎりくらいは買うと思ってたけど、ホントに現地調達で済ますつもりなのね」

恵美は少し心配そうに洩《も》らした。

「恵美ぃ。そりゃあ亮さんのプライドを甚《いた》く傷つける発言だぞ」

「でも亮さん、今日はハギしか釣らないんでしょ」

「まあ、食うや食わずじゃなくて趣味の一環なんだからさ。偶然釣れた魚をただ食すなんて邪道だよ」

亮は笑いながらそうあしらう。

「そういうものなの？」

「たとえばさ、種を蒔《ま》いて花が咲いて、ああ綺麗《きれい》だなっていうのは趣味でも何でもない。単なる作業さ。趣味っていうのは、何年何月にこういう色でこのくらいの大きさの花を咲かせようと、色々と知恵を絞り経験を活《い》かすことだ」

「ふーん」

「釣りなら何か一つ目的を持つこと。だから今日はハギのみに一点集中」

「まっ、あたしは満腹になりさえすれば文句ないけど」

「じゃあ、荷物のチェックだけは怠らないで。恵美は船釣り初めてなんだろ」

「うん」

「由紀夫くんは？」

「俺もです。このくらいのボートを扱ったことはあるけど、釣りまではさすがに」

「板子一枚下は地獄なんて言葉もあるんだからさ。注意し過ぎてし過ぎることはないよ。はい、まずはこれ」

　亮は二人に薬の包みを渡す。

「これは何なのよ？」

「酔い止め。小さいボートは揺れが大きいから船酔いしやすいんだよ。それから直射日光がきついからこれとこれも必需品」

　帽子と偏光グラスを渡すと、恵美は露骨に嫌な顔をした。

「何だか売れない芸能人みたいなカッコ」

「文句を言わない。ああ、シャツは長袖《ながそで》な。あと履物。スニーカーは厳禁だから。ほら、これに履き替えて」

「これって長靴……」

「ほい、それからこれが一番重要っと」

　そう言って亮はベスト型のライフジャケットを差し出した。最近流行の自動膨張型ではなく、オレンジ色の普及型だ。胸の高さで差し出すとベルトが地面まで届く。

「変にベルトが長いような気がするんだけど」

「ライフジャケットっていうのはただ羽織るだけじゃ駄目だよ」

　恵美にライフジャケットを羽織らせ、ベルトを股《また》に通して下から体重を支えるように固定する。

「ちょっ、これじゃあまるでフンドシ」

「こうしとかないと、いざ海に落ちた時、ジャケットだけが浮いて身体が沈むだろ。で、恵美にはもう一つこれ」

最後に渡したのはゼリー状の液体が入った細長いビニール袋だった。

「……何、これ」

「女性用携帯トイレ。その中に小便するとポリマーに吸水されてすぐ固まるから。臭いも防げるよ」

「こ、これでしろって言うのお？」

「俺と由紀夫くんは舟の上から立ち小便できるけど、恵美はそうもいかないだろ」

「これって絶対、罰ゲームよね」

恵美は、苦虫を噛《か》み潰したような顔をした。それを横目で見ながら、由紀夫が必死に笑いを堪《こら》えている。

七時を少し過ぎてからボートを出した。

エンジンは古いが軽快な音を立てて回る。舳先《へさき》が波を裂き、波頭がきらきらと朝日を反射する。頬に当たる風は依然として湿り気を帯びているが心地好《よ》い。

両岸に建ち並ぶビルと民家を眺め、何本かの橋を潜《くぐ》りながら旧江戸《えど》川を下って行くと、やがて河口が見えてきた。

亮は河口を抜け出る際の光景が好きだった。

建ち並ぶビル群は日常性の象徴だ。倦怠《けんたい》と焦燥、そして閉塞感《へいそくかん》が渦を巻いている。しかし広がる大海原にそんなものは存在しない。亮にとって河口を出ることは日常から抜け出すことと同義だった。

「わお、気ぃ持ちいぃ」

先刻までの仏頂面はどこへやら、恵美が空を押し上げるように背を伸ばす。

由紀夫はいつもの穏やかな表情を浮かべて海面を見ていた。

「どうしたのさ、由紀夫くん。えらく言葉数が少なくなったけど」

「ちょっと考えごとをしていたもので……ほら。亮さん、さっき偶然釣れた魚をただ食べるのは趣味として邪道だって言ったでしょ」

「言った」

「同感だな、と思って」

「へえ」

「目的を決めて一点集中。まさにその通りだよ。確率も何も考えず、そこら中に網を張ったり釣り糸垂らすなんて全然スマートじゃない」

由紀夫の口調はどこか誇らしげだ。

「釣りって要は狩猟じゃないですか」

「うん」

「獲物の生態を調べ、居場所を確認して機会を窺《うかが》う。どんなに用心深い生き物でも四六時中緊張している訳にはいかないから、どこかに隙が生じる。その隙を突いて襲う。獲物との心理戦、それが狩猟の醍醐味《だいごみ》なんだなって。それからキャッチ・アンド・リリースなんてカッコはつけない」

「俺なんかは目的以外の魚やちっちゃいのは逃がすけどね」

「仕留めた獲物は必ず腹の中に収める。それが獲物に対する本当の礼儀だと思うな」

「今までに狩りをしたことがあるのかい」

「何度か経験はありますよ。陸の上が専らですけどね。狩猟ってのはやっぱり民族を問わずオスの本能なんだろうな」

三人を乗せたボートはやがて水路を抜けて東京湾に出た。俄《にわか》に風と潮の香りが強くなる。陽光を遮るものは完全に姿を消し、三人は全身に陽射しを浴びる。

「きゃあああ、すっごーい」

恵美が歓声を上げるのも無理はない。三六〇度開けた視界の左手には東京ディズニーランドとディズニーシーが、右手には葛西《かさい》臨海公園が一望できる。こんな絶景はこの地点からしか拝むことができない。

「ところで亮さん、いったいどこまで舟を出すつもりだい?」

「うーん、沖合四キロぐらいかなあ」

狙うハギのポイントは同業者から聞いている。亮自身も三日前にその場所で現物を釣り上げた。潮の流れや水温に変化がない限り、ポイントも大きく移動していないはずだ。

湾岸近くでは何艘《そう》かの小型ボートがゆっくりと回遊している。東京湾は以前に比べてずいぶんと豊饒《ほうじょう》になっており、この時季ならタチウオ・マダイ・イイダコ・ハゼが面白いように釣れる。常連客を乗せている普段であればこの辺りにボートを止めてひと仕事するのだが、生憎《あいにく》と今日は狙いが違う。

「ねえー、この先に島とかないのー？　島の両側で中国軍と自衛隊が睨《にら》み合いしている場面とかさー」

「そりゃあ尖閣《せんかく》だろ。どーゆー地理感覚してんだよ、お前は」

「だってさーお兄ちゃん、ちょっと飽きたー。ずっと、ずうっと同じ風景なんだもん」

「いいじゃないか景色なんて。どーせお前、食い気だけでついて来たんだから」

「恵美、退屈そうだね」

亮が水を向けると、恵美が唇を尖《とが》らせて頷《うなず》く。

「暇ならちょうどいい。これ、頼むよ」

そう言って傍らに置いてあったザルを差し出す。中に入っているのは大量のアサリとペンチだ。

「何？　これを食べるの？」

「違う、それはハギのエサ。そのペンチで全部剝《む》き身にしておいて」

「ハギってこんなもの食べるの？　しかも剝き身って」

「ほらほら、恵美だってもうすぐ釣具屋のカミさんになるなら、こういう仕事慣れておかないと」

　由紀夫がからかうように言うと、恵美はぶつぶつ文句を言いながらアサリの殻を剝き始めた。

「ごめんなあ亮さん、こんな妹で。ホントに恵美なんかで釣具屋のカミさんが務まるのかね」

「この小さな舟に揺られて船酔いしないんだから、その時点で合格だよ」

「へっへー」

「駄目だよ、亮さん。こいつを調子づかせちゃ。どんな商売にだって適性ってのがあるんだから」

　その単語にふと引っ掛かった。

「そう言えば由紀夫くん、何でも屋だったね。具体的にはどんな仕事してるんだい。今更だけど」

「その名の通りですよ。掃除や引っ越しの手伝いに犬の散歩から結婚式の司会者、果ては老人介護の真似事までやってます」

「へえ、凄《すご》いな。でも、そういうのって資格が要るんじゃないの？」

「ええ、大抵の資格は取得してるんですよ」

「じゃあ、いっそのことどれか専門にしちまえばいいのに。今だったら介護の資格持ってるだけで介護の会社から引っ張りだこでしょ」

「うーん。亮さん、釣具屋さんて結構不況知らずでしょ」

「まあ、俺は他の商売よく知らないけどさ」

「今はね、資格持ってるからって易々と就職できる状況じゃないんだよ。それに会社も資格持ってると正社員待遇にしろって言われるから、介護の現場でも安い賃金で無資格雇うところが多くってさ。実際、俺も沢山資格持ってるけど全然食えないもの」

「そんなものなのかな」

「それに俺自身が会社に馴染《なじ》まないっていうか、組織不適合者でね。試しにいくつか就職してみたんだけど、どれも性に合わなかった。きっと世間の決まりごとが守れない人間なんだろうな」

「でも、今は何でも屋で食ってるんでしょ。じゃあさ、その何でも屋の適性ってのは何なのさ？」

「何でも屋の適性！　うーん、そうだなあ。ひと言で言えばお客のニーズを如何《いか》に早く正確に摑《つか》むか、ですね」

　由紀夫は飄々《ひょうひょう》とした口調で言葉を繫《つな》ぐ。

「最初に会った瞬間に、この人が何を嫌がって何を欲しがっているのかを見極める才能。俺、それだけは恵まれてるんですよ」

　そう言われてみれば成る程と思う。確かに本橋由紀夫という男は、他人の欲望や隠された感情を読み取る才に長《た》けている。

やがてボートは沖合四キロの海域で速度を緩めた。

この場所を中心にアタリを探っていく。よほどのことがない限り、小一時間も粘っていれば成果があるはずだ。もちろんそれは亮に関しての手応《てごた》えであり、素人の本橋兄妹《きょうだい》に期待するものではない。

「言っておくけどお目当てのハギ以外が釣れても逃がしてやれよ」

「えええー」

恵美が情けない声で反論するが亮は無視する。どちらにしても恵美に釣られるような魚は、自分のようなよほどの間抜けに違いない。

亮は本橋兄妹を舟の左右に置き、自分は船尾に陣取って釣り糸を垂らす。陽が高くなり光線がじわりと肌を灼《や》くが、海面を吹き抜ける風がわずかに熱を奪っていく。それでも完全防備が辛《つら》いらしく、恵美は何度も首筋に流れる汗を拭《ぬぐ》っている。

三人の会話が途切れる。由紀夫はともかく恵美も糸の反応に神経を集中しているようだ。

亮の見立てでは兄妹で釣りに向いているのは恵美の方だった。こうしてじっとアタリを待っている姿を見ると如何にも長閑《のどか》な光景だが、だからといってのんびりした性格が有利かといえばそうではなく、多少短気な方が微細なアタリも逃さないので食い逃げされにくい。その点、由紀夫は慎重に過ぎるきらいがあり、恵美は適度にせっかちなのでこちらに分がある。

果たして最初にアタリがきたのは恵美の方だった。

「あああっ、何か引いてる！　引いてる！」

恵美は慌てて引き上げる。糸が張り、穂先がしなる。

「きたっ、きたっ」

しばらく悪戦苦闘した後、恵美が釣り上げたのは十センチほどの大きさのクサフグだった。

「はい、残念。ちゃんとリリースしなよ」

亮が言うと、恵美は苛立《いらだ》ちを隠すことなく返す。

「口が小さくて針が取れないっ」

「あああ、触るな触るな」

しようがないので、自分の竿《さお》を固定しておいてクサフグを足で踏む。

「あ、ひどい。残酷」

「クサフグは口先が鋭いから下手に触ると怪我をする。針を外す時にはこうやって足で固定するかペンチを使うのが普通なんだよ」

「これ見ちゃうとリリースするのが自然保護だなんて思えなくなるなあ」

「食べもせず、このまま殺してしまうよりはいいだろ」

それから先、またアタリの出ない時間が過ぎた。会話も途切れたまま、聞こえるのは波がボートを洗う音だけだ。すると、そろそろ我慢できなくなった恵美が空に向かって文句を言い出した。

「ああー、全然釣れないー。退屈で死にそー」

「静かにしろよ。魚が逃げちまうじゃないか」

由紀夫が注意すると恵美はまた唇を尖らせる。

「だあって、さっきからずうっとこの姿勢なんだよー。疲れるう」

「釣りっていうのはスポーツの一種だから。疲れないスポーツなんてないだろ」

「スポーツにしたって爽快感《そうかいかん》がないー。ねえ、亮さん。よくこんなこと続けてて飽きないよねえ」

「飽きるどころか、こうしていると嫌なことを忘れられて至福を感じる人もいる」

「至福？」

「一日幸せでいたければ酒を呑《の》め。三日幸せでいたければ結婚しろ。一生幸せでいたければ釣りを覚えろって格言がある」

「ふうん、結婚より長続きするんだ。へえー」

恵美の唇は尖りっぱなしだ。

またしばらく時が経つ。

次に動いたのは由紀夫だった。

「きた」

言うが早いか、すぐにリールを巻き上げる。

だが跳ね上がった糸の先には針しか残っていなかった。

「ちぇっ、食い逃げされちまったよ。結構、アタリが長かったんだけどな」

「多分そいつがお目当てのヤツだよ」

「え。どうして分かるんですか」

「ハギってのは口が窄《すぼ》まっていて大きく開かないんだ。だからエサを食べる時は削るように何度も啄《ついば》むようにする。結果、エサは細かく千切れて針だけが残る。ハギが別名エサ食いと呼ばれる所以《ゆえん》さ」

「たかが魚の癖に小癪《こしゃく》じゃないか」

由紀夫は不敵に笑って、また針先にエサをつける。どうやら負けず嫌いに火が点《つ》いたようだ。しかし慎重かつ執拗《しつよう》なのが由紀夫の身上なのだが、こと釣りに関してはそれが有効とは限らない。

その時、亮は竿に当てた人差し指と掌《てのひら》に手応えを感じた。

こつこつと糸の先に当たるような微妙な感触。その感触を察知するために、わざわざ敏感な穂先とそれを着実に伝える穂持ちの八：二調子を選択したのだ。

エサを食わせるのではなく針を掛ける。しかしハギの口は硬いので、竿には鋭敏さと共に強靭《きょうじん》さも必要とされる。

こつこつという感触が直《じか》にカンカンという金属的な引きに変わった。

やっと食いついたか。

糸の出し入れが始まる。クラッチのオン・オフだけでラインの調節ができる両軸リールにしたのは、この出し入れが頻繁になるためだ。ハギの動きは速い。その動きに対処して糸の巻きを速くするため、一：五・六の高ギア比のものを使っている。ハギの動きに逆らえば簡単に針を外される。相手に合わせて針を着実に引っ掛けるために、自分の意思をリールに伝える。

俄《にわか》にリールの手応えが硬くなる。

いける！

亮は素早くリールを巻き上げ、糸を入れながら穂先で獲物の呼吸を読む。

そして竿を一気に引く。

釣り上がったのは二十センチ長の寸詰まりの魚。狙っていた獲物。亮は体表の模様を見てすぐにそれと分かった。

「これがそうかい、亮さん」

ボートに揚げられたハギは鮮やかな青の波模様と目玉のような黒い斑点《はんてん》、そして大きな尾が特徴的だった。水族館で見ても違和感のない美しい魚——そんな第一印象は今でも変わらない。

「すっごく綺麗《きれい》な魚」

「ソウシハギっていうんだ」

そこから先は比較的楽だった。糸を垂らすと面白いようにソウシハギが食いついてきた。相手の動きに合わせて針を引っ掛けるタイミングも分かってきたせいもあり、その後も三十分で二尾を釣り上げた。

　恵美が殊更物欲しそうな顔をしていたので早速調理することにした。

　頭の角と口を落とすと口先から尾に向かって一気に皮を剝《は》ぐ。ヒレを切り落とし、エラに深く包丁を入れながら内臓と一緒に引き離す。後は背中と腹を割けば簡単に三枚に下ろせる。

「わぉ。亮さん、まるで板前さんみたい」

「三枚に下ろすなんて誰でもできるよ。ここからが腕の見せどころ」

　下ろした身を薄くそぎ切りにする。てっさのように極薄にする必要はない。要はタレが絡む程度の薄さであればいい。

　次に肝を二つに分け、片方は醬油《しょうゆ》で溶いてタレにする。そしてもう片方は擂《す》り潰《つぶ》して醬油とみりんを加える。器に盛りつけて切り身を和《あ》えれば肝和えの完成だ。

「さ。タレにつけても良し、そのまま肝和えを食べても良し。どうぞ召し上がれ」

　料理人気取りで皿を勧めると、由紀夫と恵美は迷わずひと切れを口に放った。二人とも亮の包丁捌《さば》きはこの数カ月で舌が憶《おぼ》えているはずだった。

「何これ！　激ウマ！　ホントにフグより美味《うま》いかも知れない」

「いや。これはいいわ、亮さん。上品なのに味が濃厚で。この肝の深さがまた」

　二人は亮の顔を見るのももどかしそうに箸《はし》を動かす。

「だろう？　じゃあ二人は食べていて。俺はもう少し引っ掛けてみるから」

食事中の二人に背を向けて、亮は再び竿を振る。元よりこの兄妹にソウシハギが釣れるとは思っていない。自分は釣りに、二人は食事に徹してくれたらそれでいい。

そうしてしばらく海風に晒《さら》されていた時だった。

いきなり誰かに肩を摑《つか》まれ、亮は不安定なボートの上で体勢を崩した。次の瞬間、頭部を押されて亮は後方からボートの縁《へり》に激突した。

瞬時に視界が霞《かす》んだ。

痛みより先に意識混濁がやってきた。

下半身に何者かの手が伸びた――と思ったのも一瞬で、亮の身体は乱暴に持ち上げられて海に放り込まれた。

水音と鼻に浸入してきた海水のせいでわずかに意識が戻る。うっすらと開けた目にまず入ってきたのは赤い液体で、口元まで流れたものを舌で受けて自分の血だと知った。

装着していたはずのライフジャケットが全開したまま首の周りに浮かんでいる。いつの間にか固定ベルトが外されているのだ。そのベルトの端は海面に浮いているが、手を伸ばしても届かない。いや、その前に四肢の自由が利かない。

まばたきするともう少しだけ視界が鮮明になった。ボートの上に本橋兄妹の姿が見えたので反射的に手を伸ばした。

「た、助け……」

口を開けた途端に海水が入ってきたので大きく噎《む》せた。

兄妹《きょうだい》はこちらを見て薄笑いを浮かべていた。

「何だ、亮さん。まだ喋《しゃべ》る力あるのか」

由紀夫は意外そうに言う。

「でもまあ、時間の問題だな。見えるかい？　頭からどんどん血が流れ出してる」

立ち泳ぎをしようにも手足が動かない。首の周りのジャケットで辛うじて顔だけが浮かんでいるので声も碌《ろく》に出せない。

「訳も分からず殺されるのは嫌だろうから教えるけどさ。俺たちが狙っていたのはあんなしょぼくれた釣具屋じゃなくって、あんたの死亡保険金だったんだよ」

「ありがとねー亮さん。一億円も掛けてもらって」

由紀夫の横で恵美が笑いながら手を振る。

「言っただろ。俺には人が何を欲しているかを見極める才能があるって。亮さん、あんたの場合は女だ。四十五年間の人生で渇望しながら遂に手に入らなかった、自分を好きになってくれる女。目の前にぶら下げればあんたは必ず食いついてくると思った。ちょうどあんたが釣り上げたこのソウシハギのようにね」

耳にも海水が入ってきた。由紀夫の声が途切れ途切れになる。

「俺の本業はね、何でも屋じゃなくてこういう仕事なんだよ。誰かの満たされない心の隙間を見つけて忍び込む。そしてそいつを満足させてやる代わりにお代をいただく。亮さんはね、他人を疑うことを知らない、いいお客さんだったよ」

「ホントにねー亮さんはいい人。でも彼氏やダンナさんには絶対選んでもらえない人」

「いい人だからさ、最後まで俺たちを兄妹だと信じて疑わなかったんじゃないの？」

「しようがないよー。だって由紀夫、演技力あるもの」

二人は顔を近づけたかと思うと、そのまま唇を合わせ舌を絡ませた。

「ってことでさあ。こいつ、実は俺の妹じゃなくて奥さんだったんだよね。ごめんな、亮さん」

「でも、あたしを幸せにするのが自分の幸せなんだって亮さんも言ってたから本望よね」

「ボートが揺れて転倒。その際、後頭部を強打して海に落ちる。弾みでライフジャケットのベルトが外れ、意識不明になって溺死《できし》。俺たちは懸命に助けようとしたけれど、素人だから上手《うま》くボートを操れず亮さんを見殺しにするしかなかった……どうだい？　誰もが納得するストーリーだろ。あんたにも不自然な外傷は残っていないし」

最後の言葉は語尾が掻《か》き消えた。

亮の意識は霧のように薄れていく。

ボートの上の二人はまだ笑い続けていたが、その顔もすぐに判別不能になる。

そして一気に海水が口と鼻に入ってきた。

亮の意識はそこで途絶えた。

3

「それにしても運が良かったですね。帆村さん」

犬養と名乗る刑事はベッドの枕元でそう語りかけた。

海で溺《おぼ》れ、気がついた時には病院にいた。犬養の話によれば、海上保安庁の巡視艇が波間に漂っている亮を発見し救出してくれたらしい。

「救急搬送されたのですが、実際あと数分でも発見が遅れていたら医者の出番はなかったとのことでした」

「ありがとうございました」

「これも弟さんから捜索願が出されていたからですよ」

ああ、やっぱり照之が絡んでいたのか──。

「ヤクザだから海保の敷居は高かったでしょうがね。沖に出た舟の帰りが多少遅いくらいで海保がそうそう動くことはないんですが、しつこいくらい食い下がったらしい」

今更ながら、照之を由紀夫たちから遠ざけていて良かったと思った。

「それにしても先ほど犬養さんは捜査一課と名乗られましたよね。でも捜査一課というのは、その」

「ええ、事件性がありますからね。帆村さん、海に落ちた時の状況は憶えていらっしゃいますか」

　そこで亮は船上でいきなり由紀夫に襲われた件から遡《さかのぼ》り、恵美と出逢《であ》った時までを説明した。

「ふむ。絵に描いたような保険金殺人だった訳ですね」

「あの二人を逮捕してください。俺は殺されかけたんですから」

「その必要はないでしょう。二人とももう故人になっていますから」

「……え？」

「あなたを発見した場所から約五百メートル離れた地点でボートが見つかりましたが、乗っていた由紀夫と恵美は死んでいました。中毒死でした」

「そう……でしたか」

「解剖の結果、パリトキシンという毒物が検出されました。呼吸困難や不整脈ももたらしますが、致命的なのは冠状動脈に対する収縮作用です。何でもフグ毒テトロドトキシンの七十倍は強力らしい。だからあんな魚三尾を肝ごと平らげた二人は堪《たま》ったものじゃない。ものの数時間で悶死《もんし》しただろうというのが検視官の見解です」

　犬養はいったん言葉を区切ると、亮に顔を近づけた。

「だから、あなたの目論見《もくろみ》は成功したんですよ。殺人計画を企てた二人を見事に返り討ちにしたのですから」

「お、俺は」

「警視庁捜査一課の刑事がわざわざ病室までお邪魔したのは被害者から証言を引き出すためではなく、毒殺事件の容疑者に事情聴取するためです」

犬養の冷徹な目が亮を貫く。その視線を浴びて、亮はこの男に全てを悟られていると感じた。

すると不思議なことに虚脱感と共に安堵感《あんどかん》を覚えた。

「ボートの上には二人の食べた魚の残骸《ざんがい》がありました。鑑識によれば、あれはソウシハギという魚らしいですね」

「……そうです」

「本来ソウシハギというのは水温十八度以上の場所でないと生きられないので、沖縄をはじめ黒潮の流れる高知や和歌山の海域にしか生息していません。ところが昨今の海水温の上昇で東京湾近海どころか苫小牧《とまこまい》沖でも発見が報告されるようになった。関東では横浜市港湾局が釣っても食べないように警告まで出している。釣具屋を営んでいるあなたがこの事実を知らないはずがない。現に同業の方は、あなたがわざわざソウシハギのポイントを教えてくれと連絡してきたことを証言しました。その際、間違ってもソウシハギを釣らないために、と付け加えていたそうですが、事実は逆だったのですね」

そうか、もうそんなところにまで捜査の手が及んでいるのか。

自分が居眠りをしているうちに二人がソウシハギを釣り上げて勝手に食べてしまった――警察にはそう証言するつもりだったのだが、まさかその前に本橋たちから襲われるとは夢にも思わなかったのだ。

「俺にはああする以外なかったんです」

「殺すしか？　二人を追い出すなり関係を断ち切るなりすれば良かったじゃないですか」

「駄目でした。あの二人は生活の深いところにまで入り込んでいて、俺はいつの間にか主導権を握られていました。それに何か起きなきゃ警察は動いてくれない」

そうだ。半ば誘導されるように死亡保険を契約させられてからというもの、由紀夫たちの企《たくら》みには薄々気づいていた。それでも二人を放り出すことができなかったのは、自分の孤独を二人の存在が埋めていたからだ。生命を奪われる不安と再び孤独に陥る恐怖が拮抗《きっこう》していた。

「俺にしてみれば正当防衛だったんです」

それは本音だった。二人に対して面と向かって犯意も指摘できずじわじわと殺されるのを待つ亮には、あれが一番穏当な殺害方法だった。そうしなければ必ず自分が殺されていた。いや、実際に殺されかけたではないか。

「正当防衛、ですか。お気の毒ですがその主張はきっと困難でしょうね。あなたはそのつもりでも二人の殺意を立証するものは何も残されていない。ところがあなたの犯行には状況証拠も物的証拠もある」

「要はどちらの証拠が残っているのか、ということなんですね」

「有り体に言ってしまえば……それにしても、これは綺麗《きれい》な魚ですね」

犬養は持参していたソウシハギの写真を見て感嘆する。

口の突き出た菱形《ひしがた》に大きな尾鰭《おひれ》、鮮やかな青の波模様。

猛毒を持つがゆえの外見なのか、それとも魅惑的な外見ゆえの猛毒なのか。

不意に由紀夫と恵美の姿がソウシハギに重なって見えた。

五　緑園の主

1

拓真《たくま》の視界にボールが飛び込んできた時、近くに敵の姿はなかった。

「行っけええっ、拓真ああっ」

斜め後ろからFWの純也《じゅんや》が叫ぶ。ゴールまでの直線上にも障害はない。ここで攻撃型MFに指名された自分以外に誰が出る。

両足を限界まで加速させると、ボールは右足に吸いついてくる。振った足首が確かにボールの真芯《ましん》を捉《とら》えた。

手応《てごた》えあり。だが蹴《け》ったボールはクロスバーの上を飛び越え、大きな放物線を描きながらグラウンド外の民家の中に消えていった。

「あーあ、まただよ」追いついた純也が呆《あき》れたように言う。「じゃあ、行ってこいよ。拓真」

「攻撃型MFが球拾いかよ」

「今のはお前の責任。でなくっても、あの家はお前の担当」

へえへえと頭を掻《か》きながら拓真はフィールドから出てボールの入った民家に向かう。落下した時の音から察するに、また何本か庭の花を折ったようだ。

それにしても都営グラウンドは数々あるが、ここは最低だ。周囲にネットや柵《さく》を拵《こしら》えていないので、よく球が場外に飛んでいく。その度にこちらが頭を下げて取りに行かなくてはならない。

まあ、いい。

あの家の老婦人は拓真に優しい。ひと言謝って少しだけ話し相手をしてあげれば笑ってボールを返してくれる。会う度に初対面の挨拶《あいさつ》をしなければならないのは困りものだが、庭を荒らしても弁償しろと言われないのが有難い。それに加え、祖母を知らない拓真にとってあの老婦人の存在はなかなか魅力的だった。

＊

「げほっ」

うっかりその場の空気を吸って、犬養は盛大に噎《む》せた。白煙がわずかに棚引くだけなので油断したが、ビニールの燃える臭いは死臭に劣らないほどの刺激臭だ。それに加えて眼球にも針のように突き刺さる。痛みに堪えかねて涙腺《るいせん》が悲鳴を上げる。

河川敷にあるホームレスたちの塒《ねぐら》に火が放たれたのは昨日夜半のことだった。通報者は匿名の男性。消防車が駆けつけた時には段ボールとビニールシートで作られた家は既に全焼、中で寝ていた自称黒沢公人《くろさわきみひと》は何とか救出されたものの、全身火傷《やけど》で救急病院に搬送されていた。

「襲撃はこれが初めてじゃないらしいですよ」

犬養の横に立っていた成瀬《なるせ》がぼそりと呟《つぶや》いた。

「最初は先々週の金曜日。やはり寝入っていた黒沢が数人から暴行を受けたようです」

「放火はあったのか」

「いえ。その時は暴行を加えただけで、近くの仲間が気づいたら、すぐに逃げたらしく……」

「それで今度は傷害に加えての放火か。どんどん悪質になってるな。目撃者は？」

「ホームレス仲間の証言ではリーダー格の少年しか目撃できませんでした。後の数人は背格好から同じ中学生らしかったとしか」

「ふん。ホームレス狩りってヤツか」

犬養は吐き捨てるように言う。河川敷に段ボールとビニールシートで作られた家を建造物とするかどうかはともかく、犯行自体は子供の遊びという範囲をとうに超えている。犯人を逮捕したとして、お灸《きゅう》を据えてお終《しま》いという段階でもない。傷害の上での放火となれば第一級の凶悪犯罪だが、実行犯が娘と同じ中学生というのが憤懣《ふんまん》やる方ない。

それにしても黒沢には気の毒だが、ビニールで出来た家はよく燃える。消防車が到着したのは早かったはずだが、あっという間に全焼したらしい。離れた場所から見渡しても家具備品を含めて完全に焼け落ちている。

その焼跡の背後、三坪ほどの広さに小ぶりな庭があった。訊《き》けば黒沢が趣味で拵えたものらしいが、平らな石を敷き詰めて両側に植栽している様はちょっとしたガーデニングだ。石畳の上に設《しつら》えられた丸テーブルと椅子が結構なアクセントになっている。河川敷にありながら、どこか気品を醸し出す庭園は素人目にもなかなか丁寧な造作だった。

「被害者の容態は？」

「頭部と腹部に数ヵ所の強打撲。現状、意識は失っていますが致命傷ではないとのことです」

ならば回復次第、本人からの目撃証言が取れるかも知れない。犬養は胸の裡《うち》で昏《くら》い情熱を燃やす。二十歳だろうが十四歳未満であろうが関係ない。どんな立場の人間であれ、他人の生命や財産を蔑《ないがし》ろにすることがどれほど罪深いかをたっぷりと叩《たた》き込んでやる。

そう思った時、胸の携帯電話が着信を告げた。

班長の麻生《あそう》からだった。

「はい、犬養」

『たった今新しい事件が発生した。今すぐ現場に向かってくれ』

「まだ例の河川敷に到着したばかりですよ」

『報告は聞いた。被害者は意識がないが、現場には物的証拠も多数残存している。それほど人員を割くような事件でもあるまい』

「結構酷《ひど》い話なんですがね。新しい事件てのは、そんなに人員が必要なんですか」

『子供が毒を盛られた』

「毒？」

『中学生が下校途中に昏倒《こんとう》し、病院に運んだが搬送中に死んだ。検視官の見立てでは直前に劇薬を嚥下《えんか》した疑いがある』

「下校途中ということは……」

『察しがいいな。その中学生が校内で毒を盛られたとしたら、犠牲者はもっと増えるかも知れん』


犬養が呼ばれた場所は河川敷からそれほど離れた場所ではなかったので、すぐ現場に到着した。学校の方は既に別働隊が向かい、生徒と教職員全員を病院に搬送したという。今頃は一人一人の聞き取りと胃洗浄で野戦病院のような様相を呈していることだろう。

死んだのは小栗《おぐり》拓真十四歳。終業後、都営グラウンドで部活動をし、その帰り、身体の変調を訴えた直後に悶死《もんし》した。学校のグラウンドを使用しなかったのは他校との練習試合だったからだ。

御厨検視官の話では、その体内から劇薬のタリウムが検出されたらしい。現在、未消化の内容物から混入元の特定を急いでいるが、仮に消化済みであった場合は捜査の困難が予想された。

タリウムは殺鼠剤《さっそざい》の原料として用いられる薬剤だが、無味無臭のため食品への混入が容易という特性がある。消化管への吸収が早く、その意味では即効性毒物と言えるが、一方体内に蓄積するので少量摂取の場合は遅効性となる。腹部の痛みや嘔吐《おうと》などの症状があるが、これも個人差がありどのタイミングで服毒したのか判然としなくなる。

だが、それは御厨の仕事だ。犬養は拓真の足取りを事件発生時から遡《さかのぼ》ることにした。拓真が変調を訴えるなり嘔吐して倒れたのが、グラウンドから一キロの地点。その途上の食料品店及びコンビニを虱潰《しらみつぶ》しに当たったが、拓真の立ち寄った形跡はなかった。


一夜明け、犬養はグラウンドに立っていた。

既にグラウンド周囲には現場封鎖のテープが張り巡らされ、現場保存が確保されている。試合中に生徒たちが口にしたペットボトル等も一切合財押収した。

ふとゴールポストの向こう側に古びた一軒屋が見えた。こちら側に塀が立っているのでグラウンドを一望という訳にはいかないが、何らかの証言が得られるかも知れない。

表札には〈佐田啓造《さだけいぞう》〉とあった。チャイムを二度三度押すと、玄関先に現れたのは腰の曲がった老婦人だった。

ところが彼女は犬養を見るなり破顔した。

「あら！　啓介《けいすけ》じゃないの。どうしたのよ、急に」

老婦人は犬養によたよたと駆け寄ると、その手をしっかり握り締めた。

「あ、あの」

「さあ入って、入って」

力ずくで犬養を家の中に入れようとする。どうやら人違いされているようだが言葉を差し挟む余地がない。

「お父さん、お父さん。啓介が来てくれましたよ」

声に呼応して奥から白髪の老人が出て来た。老人は犬養を見ると何やら合点したように頷《うなず》き、夫人を奥に引き下がらせた。

「申し訳ありません。祥子《さちこ》は、家内は認知症を患っておりまして……男性であれば誰が来ましても息子と勘違いしてしまうんです」

「はあ、息子さんにですか」

「本物の息子はもう、とうに死んでおるのですがね」

老人――佐田啓造は頭《こうべ》を深く垂れて言う。

犬養が来意を告げると啓造はああ、と洩《も》らした。

「その子なら、昨日も庭に入って来ましたよ」

「庭に？」

「サッカーボールが飛んできたので取らせてくれと。初めてでもないのでずっと家内に相手をさせました。あれくらいの年頃でも息子だと思い込みますから、気を紛らせるのにちょうど良かったのです」

「初めてじゃなかったんですか」

「野球やらサッカーやら、ネットも柵《さく》もないのでよくボールが飛び込んできます。ご覧になりますかな」

啓造に従って廊下を進む。家の中は外観以上に古びており、壁は漆喰《しっくい》の剝《は》がれた部分が折り込みチラシで覆われている。廊下も盛大に軋《きし》んだ。しかし、そんな中でも庭だけは立派だった。敷石と玉砂利が敷き詰められ、菊や山茶花《さざんか》といった季節の花が行儀よく咲き誇っている。辺り一面が緑に覆われているが鬱蒼《うっそう》とした印象ではなく、花の配列に秩序があるので眺めていると気分が落ち着いてくる。

だが、菊の群れの一部は残念なことに首が折れていた。注意して見ると他の花群れにも破損の跡が認められる。

「飛び込んできたボールの跡ですね」

「大きなサッカーボールがとんでもない勢いで落ちてくるのだからひとたまりもない」

啓造は顰《しか》め面でボールの狼藉《ろうぜき》跡を睨《にら》む。

「ご覧の通りのあばら家だが、二人とも年金暮らしだからリフォームもできません。しかし我が家にも一つだけ自慢できるものがあって、それがこの庭です。わたしと家内が丹精込めて築いた至福の庭です。特にこの菊は家内が一番愛情を注いだ傑作で、どこの品評会に出しても恥ずかしくない」

啓造の指した菊は大菊と呼ばれる、観賞用に特化された品種だった。花の直径は十センチ前後、中央の一輪だけを残して周りは摘蕾《てきらい》している。よく見れば、それぞれ一本の苗から三本の側枝が伸びて花をつけている。所謂《いわゆる》、三段仕立てという飾り方だ。

「しかし、そんな大事な菊をこんな風にされたら、さぞかし奥さんもお怒りでしょう」

「それが……認知症というのはこういうものなんでしょうか。菊が折られた時には夜叉《やしゃ》のような顔で怒り狂うが、あの拓真という中学生が頭を下げて来ると菩薩《ぼさつ》の顔で応対する。そうしたらわたしは何も言えなくなってしまいます。それでいて、後になってから無残な菊を再見して思い出したようにまた怒り狂う……」

啓造は沈痛な表情のまま黙り込む。

その時、犬養は家の中から異臭を嗅《か》ぎ取った。

啓造も祥子も八十代。もちろん老人臭もあるのだが、それ以外にも微《かす》かに甘く饐《す》えたような腐敗臭が漂ってくる。

これは静かに迫りくる死の臭いだ。

夫婦ともに高齢で面倒を見てくれる子供はいない。片方が認知症を患っていれば入院させない限り、老老介護になることは避けられない。そして、認知症は人の死を加速させる。

「昨日、拓真くんがやって来た時に、何か変わったところはありませんでしたか」

「さあ。相手をしたのは家内ですから……ただ、お訊《き》きになっても要領は得ないでしょ

ますよ」

「一日毎に家内は別の人間になります。あなたのことも明日になれば完全に忘れておりうな」

「しかし、つい昨日のことですよ」

そんな症状では日々の生活にも支障を来すだろう——そう考えた時、こちらの心を読み取ったかのように啓造が続けた。

「人だけではなく日常の細々としたこと全てがそうです。米の炊き方、ガスの点《つ》け方、物の置き場所。忘れても対処できるように、台所はメモの山です。それでも家内一人にしておくのは不用心だから日中はわたしがずっとついていてあげないといけない。だから食料品や日用品の買い出しは家内が床に入ってから出掛けるんです」

啓造の言葉の端々から疲弊の声が聞き取れる。既に老老介護の軋みが現実のものになっているのだ。確かにそんな状態で訊き込みをしても無駄かも知れない。

しかし、それでも訊くのが自分の仕事だ。

祥子を捜すと、彼女は台所のテーブルで肘《ひじ》を突いていた。視線の先には冷蔵庫の扉に貼られた無数のメモがある。祥子の視線はその内容を読みながら困惑しているようだった。

「あああ、啓介。お茶でも淹《い》れようか。お前の大好物のおはぎもあるよ」

まだ自分のことを息子と思い込んでいる。犬養は胸にささやかな痛みを感じたが、職業意識でそれを抑えた。

「それより、昨日、庭に中学生の男の子が来たのを憶《おぼ》えてる？」

「昨日？　中学生？」

祥子の顔に不安が過《よぎ》る。

「何言ってるの。知らないわよ、そんな子。大体、ウチに中学生の子なんている訳ないじゃないのぉ」

訴えるような口調が殊更侘《わび》しく聞こえた。おろおろする祥子を見ていると、彼女を困惑させた自分に罪悪感すら湧いてくる。

啓造にとって毎日が疲弊の連続なら、祥子にとっての毎日は恐怖の連続なのだ。目覚める度に見知らぬ状況が自分を待ち構えている。起きている時間の分だけ自分の実在感が喪失されていく。それはきっと、少しずつ心を侵食されるような怖ろしさなのだろう。

空振りだったな——そう判断した時、着信音が鳴った。今度の発信者は成瀬だった。

「どうした？」

『今、黒沢さんが運び込まれた病院なんですけどね。奴《やっこ》さん、意識を取り戻したんです』

「良かったじゃないか。それで放火犯の顔を目撃していたのか」

『それがですね。火を点けたのはそっちの事件の被害者、つまり小栗拓真だって黒沢さんは証言したんですよ』

2

「あれは性悪っていうよりは凶悪なガキだよ」

黒沢は包帯で顎《あご》を固定されて喋《しゃべ》りにくそうだったが、それでも言わずにはおれないという風に言葉を振り絞る。元より七十を超えているので、嗄《しわが》れた声が更に掠《かす》れる。

「特にその拓真ってのは酷《ひど》かった。俺は何度もやめてくれって言ったんだ。それなのにあのガキ、笑いながら俺を殴る蹴《け》るしやがった。殴るのでも素手じゃない。棒っきれで殴るんだ。それに蹴りだって半端じゃなかった。全体重蹴り足にかけてくる」

中学生とはいえ、部活動で鍛えていたのだ。おそらく蹴りにも相応の破壊力があったのだろうと犬養は想像する。

「彼単独ではなかったんでしょう？」

「ああ、正確な人数は分からないが最低でも四人。だが、あいつがリーダー格だった。それは何度も襲撃を受けたから分かってる」

「何度も、ですか」

「襲撃を受ける度に警察に届けたよ。それでもあんたたちは話半分に聞くだけで全然動いてくれなかったじゃないか！」

それは申し訳なかったと頭を下げながら、犬養は内心で所轄署に毒づく。大方、ホームレスの訴えだからと軽視したのだろう。

放火事件の捜査線上に拓真の名前が浮上したのは、黒沢以下数名のホームレスの証言によるものだった。リーダー格の少年は細面で尖《とが》り耳という特徴からすぐに似顔絵が作成されたのだが、この似顔絵に拓真の事件を担当していた捜査員が反応した次第だ。

「それでは改めてお訊きしますが、正確にはいつから暴行を受けていましたか」

「一カ月くらい前だ。最初は土手の上から遠巻きに罵倒《ばとう》するだけだった。社会の害虫とか負け犬とかな。そのうち年寄だけを狙って空のペットボトルや石を投げ始めた。どうせ相手は子供だと思って無視していたら、そのうち夜討ちをかけるようになった」

「夜討ち。しかし闇に紛れていたら人相や風体は分かりづらいでしょう」

「声や背丈で分かるさ。それでも本人たちは身元がバレないと思ってやりたい放題だ。家の中に踏み込んで来て、なけなしの家具やら生活用品を破壊しよった。警察に届けたのはその時だ。それを放置なんかしておくから今回の放火までエスカレートした」

最後の舌鋒《ぜっぽう》は犬養に向けられた。

小栗拓真を中心としたグループが襲撃事件の犯人であることは、クラスメートからの証言で芋づる式に判明していた。捜査陣を不愉快にさせたのは、その事実と彼らの学校における評判との乖離《かいり》が極端だったせいだ。拓真のグループはそのままサッカー部の主要メンバーであり、サッカー強豪校で名を馳《は》せた同校にとっては優秀な広告塔だった。その広告塔が校外に出るなりギャングに変貌《へんぼう》していたのだから、報《しら》せを受けた学校関係者と保護者たちは相当な衝撃を受けたらしい。

だが、それも犬養にしてみればさほど驚くようなことではない。あの年頃の子供に内《うち》面《づら》と外面《そとづら》があるのはむしろ当たり前であり、所詮《しょせん》教師や親が子供の全てを知悉《ちしつ》しているなど思い上がりも甚だしい。

「こんな身の上だから白い目で見られるのには慣れとる。なるべく他人様《ひとさま》の迷惑にならないようにと心掛けてもいる。そういう人間がいけ好かん警察に訴えたのは、一方で子供らを矯正して欲しかったからだ」

「そのリーダー格の小栗拓真くんが放火事件の翌日に殺害されたのはご存じですね」

「ああ……それは他の刑事さんから聞いたよ」

黒沢の口調が急に落ちた。

ホームレス狩りをしていたグループのリーダー格が翌日、毒殺された——この場合、まず襲撃された側の報復が考えられる。犬養が黒沢の病室を訪れたのも、被害者としてではなく容疑者の一人としての事情聴取だった。

「毒を盛られたんだってね。苦しんだのかい？」

「直前まで自覚症状はなかったと聞いていますから、長時間苦しんだとは思えませんが……気になりますか」

「そりゃあ気になるさ。まだ十四歳だったんだろう？　死んでいい齢《とし》じゃない。俺みたいな死にぞこないじゃあるまいし」

「たとえ凶悪なガキでも？」

「妙に突っかかる言い方をするな」

「あなたをこんな目に遭わせた張本人ですよ」

「だからって夢も将来もある中学生が殺されていい理屈はないだろう。確かに凶悪なガキだが、これから色んな出逢《であ》いによって立派な大人になる可能性だってあった。その可能性を根こそぎ摘み取るなんてのは良かないよ」

黒沢は物憂げに言った。その同情が上っ面のものでないか確かめる必要がある。

「面白半分で老人を暴行し、その住まいに火を点けるような子供たちが見る夢や将来など碌《ろく》なものじゃないと思いますが」

「それはそうかも知れんが……やっぱり駄目だ。たとえどんなに見映えが悪くたって若い芽を摘むのはよくない。こんな目に遭わせた相手ならもっと憎まんといかんのだろうが……」

「憎めませんか」

「この齢になると、若いというだけで価値があるように思えてくる」

「それは、本人が死んでしまったからではないですか。もしまだ一方的に暴行されていたら、やっぱりこの野郎と思うんじゃ……」

「刑事さん、ひょっとして俺たちが仕返しに毒を盛ったと疑ってるんじゃないのか。言っとくけどそんな真似、俺には無理だからな。仕返ししたくってもこのざまじゃあな」

しかし黒沢の言い分はそのまま通用するものではない。拓真の死因は中毒死であり、死亡時刻を設定する必要がないのであれば放火事件以前に仕掛けた可能性もある。むしろ以前から襲撃を受けていたのなら先手必勝を目論《もくろ》んだという見方もできる。

「第一、その毒を用意しようにも俺たちじゃ都合がつかん。伝手《つて》もカネもない」

この主張にはそれなりの説得力がある。毒薬および劇薬とされているものは薬事法第七章第一節によって取扱いが細かく規制されているからだ。昨今はネット通販で取得する輩《やから》もいるがもちろん違法行為であり、黒沢たちのような人間がおいそれと購入できるものでもない。

だがその時、犬養の頭に河川敷の光景が映った。

「話は変わりますが、河川敷にあった見事な庭。あれはあなたが造られたんですね」

「ああ、そうだ」

「あれは素晴らしいですな。あの一角だけが手入れの行き届いた公園のように見える。とても素人の手によるものとは思えない」

「素人じゃねえよ」

黒沢は不機嫌そうに言った。唇は尖っているが、どこか照れ隠しのようでもある。

「これでも昔は造園業やってたんだ」

それで納得がいった。昔取った杵柄《きねづか》だったのだ。

「三年ほど前までは割と名の知れたところに勤めてた。結構、腕は良かったんだぜ。不況のあおりを食って解雇されちまったけどさ」

「腕前の方は成る程と思いました」

「あそこは水はけの悪い場所でよ。しかも土地が痩《や》せてるから碌なものが根付かねえ。それでもそこはまあ知恵と経験だ。安い種なら俺でも買えるしな」

確かに植栽されていた花は綺麗《きれい》ではあったが、値の張りそうなものは見当たらなかった。それが却《かえ》って見る者に素朴な印象を与えていたのだ。

「草木とかよ、自然ってのはあれだよ。どんなに侘《わび》しいものでも見ていると心が和んでくるから大したもんだ。俺たちは色んな事情でこういう暮らしに落ちついちまったけど、だからこそ生活の中に潤いってのが必要になる。カッコつける訳じゃないが、俺にできることならしてやろうって思うしな」

「あれだけのことができるのなら家庭菜園だって難しくないでしょう」

「うん。実はミニトマトを栽培できないものかと色々知恵を絞っていたとこだったんだ。栽培できたら仲間にもお裾《すそ》分《わ》けできるしな……でもやっぱり河川敷の土じゃ難しいよな。トマトってのは元々アンデスとか気候の厳しい所が産地だから場所は選《よ》り好みしないんだが、さすがに河川敷の土壌はきつい」

次第に黒沢の声が弾んでくる。現状であれ昔話であれ、仕事の話になると嬉《うれ》しそうになるのは男の性《さが》なのかも知れない。

「あそこでは栽培にしろ造園にしろ害虫駆除が大変でしょう。いったいどんな工夫を？」

「ああ、水はけが悪いとどうしても害虫が発生しやすくなる。特にあそこはシロヒトリとアブラムシが群棲《ぐんせい》しててよ、あっという間に葉を食い尽くしちまう」

「ほお。シロヒトリというのは初耳ですね」

「それだけじゃないぞ。一番手強《てごわ》いのは野ネズミだ。あいつらときたらものの一時間もあれば大抵のもんを丸坊主にしやがる。それにあいつらはありとあらゆる病原菌を媒介して回るから、むしろそっちの方が怖い。植栽の前にまず害虫駆除ってのは造園の基本中の基本だ」

「黒沢さんはどうやって対処するんですか」

「そりゃあ相手が相手だからよ、殺虫剤や殺鼠剤撒《さっそざいま》くより仕方な……」

言いかけて黒沢は、はっと顔色を変えた。

「待てよ。その子供に盛られた毒ってのはもしかして農薬なのかよ！」

答える訳にはいかない。ここで犬養がタリウムに言及してしまえば犯人しか知らない〈秘密の暴露〉を容疑者に伝えたことになる。それにしても黒沢の反応は演技だとしたら大したものだ。かつて俳優養成所に通っていた犬養の目から見ても上級者の部類に入る。

「もし農薬だったとしたら考えられる毒物は何ですかね」

「その手に乗るか」

黒沢は頭を向こう側に向けた。

「全く危ねえったらない。こういうのを誘導尋問ていうんだ。お、俺は被害者なんだぞ。もう金輪際何も答えないからな」

「その道のプロに専門知識を伺っただけなのですが」

だが、ここで黒沢が口を閉ざしたところでさほど痛痒《つうよう》を感じない。現場は既に封鎖してあるし、肝心の本人はベッドの上だから今更証拠隠滅もできない。あの庭園に鑑識が入れれば結構面白いものが出るだろう。

だが、その前にもう一つだけ訊《き》いておくことがある。

「黒沢さん。いかにあなたの造園技術が優れているとはいえ、失礼ながら河川敷界隈《かいわい》で丸テーブルや敷石は調達しづらいでしょう。殺虫剤の類《たぐい》も含めてね。あなたはそれらをどうやって都合つけたのですか」

だが黒沢はこちらに背を向けたまま、もう二度と言葉を発しようとしなかった。


捜査本部に戻ると、山のように捜査報告が集まっていた。毒物事件の拡大を怖れた本部が初動捜査を徹底させた賜物《たまもの》だ。

まず、ホームレスを襲撃したグループの面々は強面《こわもて》の捜査員を前にすると、立て板に水の如く自分たちの悪行を自白した。それによると彼らが黒沢たちを害虫呼ばわりしたのはジョークや冷やかしではなく、至って本気だったらしい。

「だってあいつら仕事してないし、税金だって払ってないじゃん。それって国民の義務を放棄したってことだろ」

「国民じゃなかったら人間扱いしなくてもいーよな」

「汚いし臭いしよー。目にするだけで不愉快じゃん。それってまんま害虫の定義なんだよな。だから俺たちは河川敷を掃除したかっただけなんだよ」

半ば自慢げに語る子供たちだったが、質問内容が暴行と放火に移ると途端に口が重くなった。人の痛みを知らない馬鹿でも、その二つが罪に問われることが分かる程度には利口だったらしい。それまでの尋問でいい加減はらわたの煮えくり返っていた捜査員が一喝すると、子供たちは判で押したように暴行と放火は拓真から強要されたのだと言い出した。

「とにかく親と教師の前では完璧《かんぺき》な優等生だったらしいですね」

成瀬は呆《あき》れた口調で報告を続ける。

「それでも女子の何人かは拓真の悪さを知っていましたからね。あの齢でも女ってのは怖いや」

それには犬養も同意だった。女の勘は馬鹿にできない。外見や理屈に惑わされることなく、ほんの一瞬で人の本質を見抜いてしまう鋭さがある。

「対して両親と担任教師は茫然《ぼうぜん》自失でしたね。母親なんか、これは警察の陰謀だとか言い出して暴れ出したそうですから」

してみれば拓真も親や教師の前では名優だった訳だ。

いったい、この事件には何人の名優が出演しているのか。

「検視報告は」

「やっと出ましたよ。タリウムが混入されていたのはおはぎでした」

「おはぎか」

「消化具合から逆算して当日に摂取したようです。今はちょうど季節商品でコンビニにも置いてあるから、入手するのは簡単でしょう。問題はタリウムの方ですね」

「いや、殺鼠剤の入手もそんなに困難じゃない。野ネズミ駆除目的なら農薬として、家ネズミ駆除なら防除用医薬部外品として扱われるから、然《しか》るべきルートで手に入れればいいだけの話だ。それにネズミってのは結構甘い物好きで、田舎じゃおはぎにネコイラズを混ぜておくのはポピュラーな方法なんだとよ」

「それじゃあ……」

成瀬が言いかけた時、犬養の要請していた鑑識報告が上がってきた。その内容を確認すると、犬養は薄く笑った。

「ビンゴだ」

「どうしました？」

「河川敷にあった庭園から殺鼠剤入りのおはぎが採取された」

3

犬養が鑑識の報告を伝えると、俄然《がぜん》捜査本部は色めき立った。

「これで毒物の摂取経路は特定できたな」

麻生はひと息吐いた。薬物事件は摂取経路さえ判明すれば、ほぼ全容が解明したも同然というケースが多いからだ。

「黒沢公人は河川敷の庭園を荒らす野ネズミ駆除用に殺鼠剤入りのおはぎを拵《こしら》えた。これを庭園に仕掛けたが、一部が小栗拓真の手に渡った。夜半に黒沢たちを襲撃した拓真は翌日になっておはぎを口にし、そして絶命した」

独り言のように呟《つぶや》いているが、これは自身の推論の確かさを確認したいがためだ。もし推理の過程に誤謬《ごびゅう》があればいつでも口を差し挟んでいいことになっている。

「事件の全体像はこんなところだろう。問題は殺鼠剤入りのおはぎが黒沢から手渡されたものなのか、それとも放置してあったものを拓真が持ち出したのかという点だ。前者なら殺人、後者なら過失致死。結果は同じでも刑罰は天と地ほども違う」

「放置してあったものを持ち出したとは思えませんねえ」

捜査員の一人が早速口を挟んだ。

「欠食児童じゃあるまいし、今日びの中学生が置いてあったおはぎを失敬するなんて考えにくいですよ。それよりは黒沢が故意に食べさせたと見た方がはるかに自然です」

「俺も同じ意見だ。しかも黒沢には以前から暴行を受けていたという恨みもある。ただしそれらはあくまで状況証拠に過ぎん。黒沢の犯行を立証するには、殺鼠剤入りのおはぎが黒沢の手から拓真に渡されたことを示す物的証拠が必要になる」

「それにしても黒沢はどうやって殺鼠剤を入手したんですかね」

「それは裏が取れている。以前、黒沢が造園会社に在籍していた時の同僚がタダ同然で譲り渡していた。殺鼠剤だけじゃなく、一部破損して売り物にならなくなったガーデニング用品も譲渡している。話を聞けば良好な生育環境が望めない河川敷に庭を造ろうと奮戦しているようだから、昔のよしみで協力したと言っていた」

犬養が最後にした質問の回答がこれだった。あの時、黒沢が沈黙を守った理由も漠然とだが分かる。殺鼠剤の入手経路を知られたくない気持ちもあったろうが、かつての同僚に迷惑が及ぶのを怖れたに違いない。たとえ見かけや言葉は粗野でも、他人を慮《おもんぱか》る余地を残した男のように見えた。

「拓真の連れは何も目撃していないのか」

子供たちに尋問した捜査員が立ち上がる。

「残念ながら、黒沢から何かを受け取った現場は見ていないとのことでした。河川敷を襲撃する際は、いつも四人一緒に行動していたようですから見落とすこともなかったでしょう」

「襲撃の後、帰宅してから食べたのなら家族が目撃したかも知れん」

「それもなかなか……」

今度は成瀬が答える。

「あの日は母親が遅くまで起きていて、拓真の帰宅を待っていました。その際、拓真が入浴し就寝するまで横についていましたが、何かを口にする様子はおろか、碌《ろく》すっぽ会話もなかったとのことです。念のために拓真の部屋に鑑識を遣《や》りましたが、殺鼠剤の粉末およびおはぎの欠片《かけら》すら採取できませんでした」

「そうなると、いよいよ黒沢から自供を引き出すより他に手はないってことか」

麻生の視線がゆっくりと犬養に向けられた。期待と難色の入り混じった色で、言い出す前からはや話の内容が分かる。

野郎の嘘を見抜くのは得意だろうが——麻生なら二言目にはそう言うだろう。そして事実そうであることがまた悩ましい。

「黒沢を再度尋問することは一向に構わないと思いますが……」

「が？　がとは何だ。がとは」

「拓真を殺した動機は多分別の何かですよ。もちろん襲撃がその一端にはなったでしょうが」

「……何を見つけた？」

佐田宅を再訪すると、やはり最初に出て来たのは祥子だった。

「あら！　啓介じゃないの。どうしたのよ、急に」

出迎えの言葉もそっくりそのままだ。それならこちらにも対処法がある。

「仕事で近くまで来たもんだから。上がってもいいかな」

「何バカなこと言ってるのよ。自分の家《うち》じゃない。さあ早く入って」

「じゃあ遠慮なく」

「遠慮なくだなんて、おかしな子ねえ」

犬養は祥子に押されるようにして上がり框《がまち》を跨《また》ぐ。ややあって廊下の向こう側から啓造がやって来るが、ひと目犬養たちの様子を見ると合点した様子でまた奥に引っ込んだ。犬養ならば祥子を適当にあしらってくれると踏んだのだろう。

「ここの眺めが一番だからね」

祥子は犬養を庭先まで連れて来た。縁側にちょこんと座り、庭に臨む。犬養も黙ってそれに従った。

「いい庭ですね」

「そうでしょ。お父さんとわたしが精魂込めて作り上げた、もう一人の子供だもの。特にね、あの菊は本当に手間をかけたの」

祥子はその言葉通り、まるで自分の子供を見るような視線を菊に送る。三段仕立ての大菊は今日も整然と咲き誇っている。

「三段仕立てはね、一番背の高いのが〈天〉。後の二本を〈地〉、〈人〉というのだけど、三本のバランスが何より大切なの。〈天〉が高過ぎてもいけないし、〈地〉と〈人〉が極端に違ってもいけない。花の大きさも揃ってないと歪《いびつ》に見えちゃうし」

「へえ。でも花の大きさなんて自然任せ菊任せでしょう」

「だから、それを揃えるのが大変なのよ。苗の時分から肥料や日照時間、陽の当たる向きまで考えて育てるの。神経をとても遣うわ。その辺は人間の子供と同じ……あらやだ。お茶とお菓子出すの忘れてたわ。ちょっと待っててね」

そう言って祥子は中座した。

しばらくの間、犬養は一人縁側に座していた。

この家の一人息子だった佐田啓介が交通事故で亡くなったのは今から四十年も昔の話だ。それは区役所で確認してきた。以来、佐田夫婦はずっとこの家に二人で生活している。祥子がいつ頃から認知症を患ったのかは定かでないが、記憶の退行がその辺りまで進んでいることは想像できる。そして同時に、夫婦が庭に執着する理由も理解できる。

一日毎に目まぐるしく成長し、期待通りや、あるいは期待外れの花をつける庭は成る程子供のそれと同じだ。最愛の子供を喪《な》くした佐田夫婦が、庭造りに傾注する経緯は同じ人の親として痛いほど分かる。

「お待たせ」

祥子の掲げた盆には二人用のお茶とお彼岸に相応《ふさわ》しい菓子が載せられている。

「スーパーで売ってる物は食べる気がしないわ。昔はね、こういう季節の物はみんな自分の家で作ってたの」

「手作り？」

老人の貫禄《かんろく》ここにありといったところか、祥子は少し得意げに語る。

「七草粥《ななくさがゆ》、かしわ餅《もち》、全部そう。だから全部にその家独特の味があった」

言われて犬養も思い出す。犬養の母親も生きているうちは、よくこうして季節の縁起物を振る舞ってくれた。それが犬養家の味付けだったらしく、かしわ餅も栗ごはんもずいぶんと薄味だったが、この齢《とし》になるとそれがひどく懐かしい。きっと過去の記憶が味覚と結びついているせいなのだろう。

「先日、この庭にサッカーボールを飛び込ませた中学生がいたよね」

問いかけてみるが、祥子はきょとんとした顔をするだけで反応は鈍い。

「そんなこと、あった？」

「あったんだよ。ところがその中学生はその日のうちに毒を盛られてしまった」

「あら……」

「それがまた悪い子供でね。学校が終わると仲間とつるんで夜な夜なホームレス狩りに勤《いそ》しんでいた。河川敷で静かに暮らす人たちに殴る蹴《け》るの暴行を加えていたんだよ」

「ひどい子供ね」

「だから警察は暴行されたホームレスがその子供に毒を盛ったのだと考えた。そのホームレスも庭造りが趣味で、野ネズミを退治するために殺鼠剤《さっそざい》を仕入れていたので……」

「殺鼠剤って？」

「まあネコイラズのことだね。そして市販のおはぎにその殺鼠剤を塗《まぶ》して子供に食べさせた。でもね、彼がどうやって子供に毒入りおはぎを食べさせたのか、その方法が分からない」

「あら。はいって渡せばそれで食べるんじゃないの。食べ盛りの男の子なんでしょ」

「前々から暴行する側される側という関係だと、そういう状況は成立しない。いくら子供でも、攻撃している相手から物をもらう時には警戒するからね。しかもその相手は常日頃、自分たちが軽蔑《けいべつ》しきっている人物だ。普通増長し他人を見下しているような人間は、自分よりも立場が下と決めつけた相手からはおいそれと食い物を受け取りたがらない。妙なプライドがあるからね」

祥子は要領を得ないのか相槌《あいづち》一つ打たないが、それでも笑顔を貼りつけたまま犬養を見ている。どこまで話が通じているのか不安だが、ここで説明を止める訳にもいかない。

「そこでいっそ考え方を変えてみたんだ。その子供には表の顔と裏の顔があり、表では品行方正な優等生で通っていた。そういう子供が素直に菓子を受け取るのはどういう相手なんだろうってね。答えは単純だ。子供が好意を抱いている相手、もしくは向こうが自分を好いてくれていると判断した相手。それなら警戒心を抱くことはない」

「あら」と、祥子は不意に相好を崩す。

「元々、年頃の男の子はそういうものよ」

「仰《おっしゃ》る通り。わたしにも憶《おぼ》えがありますから。ただ、そういう傾向は同年代の異性だけが対象でもない」

興味が湧いた様子の祥子がお茶を啜《すす》る。犬養は祥子の喉《のど》がそれを嚥下《えんか》するのをじっと凝視する。

「しかし、それにしても見事な菊だよね」

「有難う。そう言ってくれると嬉《うれ》しいわ」

「さぞかし大事にしているんだろうね」

「そりゃあわたしたちの子供だもの」

「じゃあ、アブラムシとかネズミは天敵だよね」

「最近、増えて困ってるの」

祥子は急に不機嫌な顔で庭を見やった。その方向では、首の折れた菊がぐったりと萎《しお》れている。

「あれ見てよ。折角あそこまで育て上げたのに、害虫たちがフイにしちゃって。憎らしいったらありゃしない」

「その害虫、どうやって退治した？」

「これよ。この中にネコイラズ混ぜて食べさせてやったの」

祥子は盆の上のおはぎを指してそう言った。

万一を考えて手をつけずにいたが、これにも殺鼠剤が混入されているのだろうか。

犬養は急速に心が冷えていくのを感じた。

「ここにやって来た子供に食べさせたんですね」

「ええ。あの子供ときたら、いつもいつもウチの庭を荒らすものだから。ネズミより大きな大きな害虫よ。このくらいでないととても死なないわ。それにネズミは甘いお菓子が大好きなのよ」

静かな口調だったが、目は異様な色を帯びている。焦点の合わない、虚《うつ》ろな目だ。

「わたしとお父さんが大事に大事に育てた大菊をこんな風にして、全然悪びれもしない。何度も何度も性懲りもなく。ネズミ退治に拵《こしら》えたエサをどうぞって渡したら、美味《おい》しそうに食べた。馬鹿なネズミよね。これっぽっちも疑わなかった」

祥子はくっくと忍び笑いを洩《も》らし始めた。手で口元を隠した上品な笑い方だった。

4

犬養が三度《みたび》佐田宅を訪れたのは、祥子が任意同行に応じた三日後のことだった。

チャイムを鳴らすと家の奥から「どうぞ」と返答があった。ドアは施錠されておらず、そのまま声のした方向に向かうと、縁側に啓造が座っていた。背中を丸め所在なげにしている姿からは寂寥《せきりょう》が滲《にじ》み出ている。

「ああ、あなたでしたか。失礼しました。少しぼうっとしておりまして」

啓造は深々と頭を下げる。容疑者の夫にすれば、それが精一杯の誠意の示し方らしい。

「家内はどんな具合ですか」

「至極安定されていますよ。激することも取り乱したりすることもありません。ただやはり担当者も質疑応答には苦慮しているようですね。話がよく前後したり、とりとめのない内容に終始するようです」

「ご迷惑をおかけします」と、啓造はもう一度頭を下げた。

「まともな話ができないなら、取り調べも進まんでしょう」

「供述は遅々として進みませんが、色々とはっきりしました。まず被害者小栗拓真くんの体内から検出されたおはぎの成分が、こちらで作られたおはぎのそれと同一でした。小豆《あずき》・砂糖・もち米・うるち米・塩の配分。小豆と米についてはDNAが一致しました。無論、肝心の殺鼠剤についても同様の結果です」

「つまり、家内の作った毒おはぎが拓真くんの命を奪ったことが証明された訳ですね」

「ええ、残念ながら」

「今度のことは認知症の進行状況と無関係には思えません。いくら庭が大事だとはいえ、子供の命をネズミ同然に扱うなど普通の感覚ではない。家内は……家内は病んでおるんです」

「それは医師が証明してくれました。詐病ではなくちゃんとした認知症であると。しかし、だからこそ我々は困惑しています」

「といいますと？」

「認知症患者の殺意は、これを認められるかどうかです」

犬養は宙空に視線を漂わせた。

「認知症だから殺意がなかったとは断言できない。しかし、その逆もまた断言できない。おそらくこういった場合、大抵の弁護士は刑法第三九条による責任能力の有無を持ち出してくるでしょう。そうなればかなりの確率で、奥さんは心神喪失の状態にあったとして無罪になります」

「無罪になって……それからは？」

「再度鑑定を行った上で指定された医療機関に収容されます。そこで医療観察を受けながら治療が続けられます」

「ならば、もう二度とここには戻って来られんのでしょうな。認知症は進行を遅らせることはできても、回復するのは難しいと聞きますから」

「さぞお辛《つら》いでしょうね」

「辛いというよりは申し訳なさを感じます。それなら家内を罰する者は誰もいなくなる。家内は何ら罪を贖《あがな》うことなく、ベッドの上で安らかに人生を終えることになる」

「ええ。そして真相は永遠に闇の中です」

「真相？」

啓造は聞きとがめたように片方の眉《まゆ》を上げる。

「家内が毒おはぎを食わせて拓真くんを殺した。それが真相ではないのですか」

「それは単なる事実です。真相とは限りません」

「……あなたの言うことは理解に苦しむ」

「黒沢公人さんが証言しました。啓造さん。あなたは以前から黒沢さんとは顔なじみだったようですね」

その途端、啓造の表情が凝固した。

「ここから黒沢さんの住む河川敷までは目と鼻の先です。あの土手は格好の散歩コースでもある。きっかけは散歩中のあなたが黒沢さんの手による庭を見たことでした。その出来栄えに感心したあなたはすぐに黒沢さんと親しくなり、園芸について互いの知識を共有しあう仲になった。そうですよね」

啓造の返事はない。

「懇意になった黒沢さんから小栗拓真の行状を聞き、あなたは相当な憤りを感じた。何故なら彼こそ何度も家の庭を荒らした犯人でもあったからだ。あの優等生ぶった悪党は自分たち夫婦が我が子のように愛情を注いだ庭を破壊するばかりか、友人の尊厳まで踏みにじっている。そしてあの夜、襲撃事件が起きた。奥さんが寝静まってから買い出しに出掛けたあなたは、ちょうどその道の途中で黒沢さんが拓真から暴行され、放火された瞬間を目撃したのではありませんか。そして警察に通報した匿名の男性とはあなたではなかったんですか？」

　畳み掛けても啓造は依然として反応しない。

「そして翌日、あろうことか拓真はまたぞろ庭を破壊した上でぬけぬけとここにやって来た。品行方正の仮面をつけて。あなたはもう我慢がならなかった。奥さんもまた腹に据えかねていたので、ネズミ退治用に拵《こしら》えていた毒おはぎを彼に差し出すことに何の躊躇《ちゅうちょ》もなかった……これがわたしの辿《たど》り着いた真相です」

　二人の間に沈黙が流れる。

　しばらくして、やっと啓造が乾いた唇を開いた。

「つまり、わたしが家内を唆したということですか」

「わたしはそう考えています」

「長年連れ添った女房を唆し、殺人犯に仕立て上げる。わたしは稀代《きたい》の極悪人ということになりますな。ではわたしは家内にも深い怨念《おんねん》を抱いていたと言われるのか」

「いや。それは違います。あなたの行為には奥さんの将来を慮《おもんぱか》ってという一面もあった」

「将来？」

「奥さんの認知症が進行すれば、更に苛酷な老老介護の現実が待っている。年金生活のあなた方にとって、それは静かにやって来る地獄だ。だが、もしも奥さんが起訴されれば心神喪失を理由に刑は免除され、指定医療機関で治療を受けられる。もちろん費用は税金で賄われるから、あなたが懐を心配する必要もない」

「何の証拠もない。全部あなたの妄想でしかない」

「その通りです。わたしにはあなた方の殺意と動機を立証する術《すべ》がない」

啓造は怪訝《けげん》そうな顔を向けた。

「わざわざそんな世迷言《よまいごと》を言うためにここまで来たんですか」

「あなたを助けたくて」

「わたしを助ける？」

「奥さんが引っ張られてからあなたは家の中でずっと一人きりだった。横に奥さんのいない三日間。それがどれほど孤独で、どれほど辛いものだったか、わたしは想像するより他にない。啓造さん、墓場に持って行けるのは贖いようのない罪だけだ。あなたは拓真のように秩序や遵法に背を向けられる人間じゃない。今も胸の裡《うち》で声にならない叫びを上げているはずだ。あなたには、まだできることがある」

犬養はそれだけ告げると踵《きびす》を返した。

背中に粘つく視線を感じたが、一度も振り返らずに家を出る。ここから先は自分の出る幕ではない。ただ一人真相を知る者が自らを裁くしかないのだ。

その時一陣の風が吹き、出て来た家の奥から乾いた葉擦れの音が聞こえてきた。

六　黄色いリボン

1

「えー、みなさんはこの言葉、見たことや聞いたことはありますかー」

そう言って、担任の戸塚《とづか》先生は黒板に〈性同一性障害〉と書いた。

「セイドウイツセイショウガイと読みます。知ってる人——。四年生だとちょっと厳しいかな」

ボクは知らなかった。教室の中を見回しても手を挙げているのは三十人中二人だけだった。

「二人かー。じゃあ意味を知ってる人は？」

今度は誰も挙げなかった。

「簡単に言っちゃうとだなー、心と身体の性別が違うということなんだ。はいそこ。別にエッチな話じゃないから変な声出さない」

戸塚先生が一度だけ黒板を強く叩《たた》くと囃《はや》す声はさっと止んだ。みんな先生のキレた時の怖さと、それが警告の合図だということを知っているからだ。

「昔は、男の人は男の心を、女の人は女の心を持って生まれてくるのが当たり前だと思われてきた。これが性同一性ということだ。ところが最近、医学的な研究が進んで、これがどうも同じであるとは限らない、ということが分かってきたんだ。つまり、生まれながらに自分は男だと思っているのに身体は女、またはその逆ってことだな。育った環境とか趣味嗜好《しこう》とかじゃなくて、生まれつきなんだから、これはもうどうしようもないことでさ」

ボクは最初から戸塚先生の話に引き込まれた。

「本人にしてみればとんでもない悲劇だよな。たとえば自分は女だと思っているのに坊主にさせられたり男子便所に行かされたりする。体育の時間はみんなと体力差があるとひ弱だと言われ、女言葉を使えば気持ち悪いと罵《ののし》られる。精神的苦痛はもちろんだし、そのうち自分の身体に違和感や嫌悪感を抱くようになる。中には自傷といって……えっと、自傷は分かるよな」

「リストカット？」

「そう、それだ。自分の身体が憎いから、自分で傷つけてしまうんだな。つまり他人が想像するよりも、よっぽど辛《つら》いことなんだと思う。思う、というのは先生はその病気じゃないから想像するしかないんだけどな」

「でも、そんな程度で死にたくなるかなあ」

「吉田《よしだ》はそう思うか。でもな、吉田。お前は女だから学校や家ではずっとスカート穿《は》いてろと言われたらどうだ。名前だってタカシーじゃなくってタカコーって呼ばれるんだぞ」

「ああ、それは嫌かも。うん、ぜってーに嫌だ」

「どうして今、こういう話をするかというとだな。最近、全国の小学校や中学校、それから高校でもそういう事例が出ているんだ。生徒から申し出を受けた学校はその言い分を認めて新学期から新しい性別で扱うようにしている。それから法律も変わった」

「え。法律まで？」

「変わったというか緩和されたんだな。性同一性障害者性別取扱特例法、長い名前だな。性別を変更するということは社会にそれを認めてもらうということで、要はまあ戸籍とか住民票の記載変更だな。その条件が今までよりも緩やかになった。つまり世の中がそういう人たちを容認しているということだ」

「でもさ、先生。それってビョーキってことだろ。ビョーキだったら薬や手術で治るんじゃない？」

「その辺が難しいところでなあ……俺が思うに性同一性障害というのは病気じゃなくて、神様のエラーじゃないかって気がする」

神様のエラー。ボクはその言葉にとても惹《ひ》かれた。

「造物主なんて言葉があるくらいだから、神様は万能なんだと皆が信じている。しかし、その神様だって時には間違うことがある。心と身体の組み合わせだってそうだ。そういう神様のしでかした過ちを、人間風情が無理やり修正しようなんておこがましいような気もちょっとする。だからさ、みんなももし自分の友達とか知り合いにそういう人がいたら、無理に外見に合わせるなと言ってやれ。性別に限らず、外見と中身が違う人間なんて世の中には沢山いるんだからな」

戸塚先生の話を聞き終えたボクはその日一日中、ずっと浮かれていた。それくらい先生の言葉には素敵な響きがあった。

「翔《しよう》、帰ろーぜっ」

直也《なおや》の誘いを断る理由はない。帰る方向も一緒だし、ボクにとってはいつも近くにいる親友以上の存在だった。

その下校途中、直也がしげしげとボクの顔を見ていたのでびっくりした。

「ななな、何だよ」

「いや。翔の顔見てたら先生の話、思い出しちゃってさ。ほら、性同一何とかってのの」

「それとボクに何の関係があるってのさ」

「お前、もちろん中身も外側も男だけどさ。よおっく見ると、ってかよく見なくても翔って何気に可愛い顔してるんだよな」

一瞬、顔から火が出るかと思った。

「な、何馬鹿なこと言ってんだよっ」

「目が大きい、鼻筋通ってる、口小さい、おまけに眉毛《まゆげ》が整ってて、どんだけ条件揃ってんだよ。ウチの姉貴なんかよ、翔くん連れて来なさいって、そりゃうるさくてさ。何ての？　年上キラーって言うかさ」

「そういうこと言われて嬉《うれ》しいと思う？」

「嬉しいヤツだっているんじゃない？　綺麗《きれい》とか可愛いとかさ、決して損なアイテムじゃないから」

直也はまるで他人事《ひとごと》のように言う。当たり前だ。元気で、陽気で、頼もしい彼はそんなアイテムなんか必要としていないのだから。

「言っとくけど、そういう趣味、ボクには全然ないからね」

「わーってるよ。先生はああ言ってたけど、俺だってノーマルだもん。チンチンついてるヤツとデートしたかないよ」

団地の入口で直也と別れると、ボクは自分の家に帰った。この時間にはまだ父さんも母さんも帰っていないけれど、いつものように「ただいま」と挨拶《あいさつ》する。

ここからはボクだけの時間が始まる。

戸塚先生は教えてくれた。神様もエラーを犯すことがある。そのエラーを無理に修正しなくてもいいと。

その言葉がボクの心を軽くする。

着ていた服を洗濯機の中に放り込むとタンスに直行。そしてお気に入りの服を取り出す。

今週に入ってからずいぶんと暖かくなった。街中ではコートを羽織っている人もめっきり少なくなった。もう春なのだ。

だったらこれだよね——ボクは迷うことなく薄いピンクの地に花模様の入ったワンピースを選んだ。袖《そで》を通すとさらさらする布の感触が気持ちいい。スタンドミラーに映してみると、元々撫《な》で肩なので肩から腰にかけてのラインがとても滑らかになっている。突き出した脚も細いから全体のバランスも取れている。

次に母さんのドレッサーの前に陣取る。置いてある化粧水を手に数滴取り、毛穴の奥まで染み込むようにパッティングする。それほど入念なメイクをする訳ではないけれど、こうすると気持ちが切り替わる。ボクにとっては儀式のようなものだ。

化粧水が馴染《なじ》んできたら、抽斗《ひきだし》からボク専用のマスカラを取り出す。このマスカラはボクが小学校に入学した時、母さんからプレゼントされた物だ。ボクの睫毛《まつげ》は元々長いのでアイラッシュをつける必要はない。マスカラで丁寧に仕上げるだけで、目元の印象がガラリと変わる。

次にリップ。これは唇を目立たせるためではなく、全体とのコーディネートのために塗る。これは母さんとの共有になるけれど、いつかお小遣いを貯めて自分専用のシャネルが欲しいと思う。今日はワンピースに合わせて淡い色にする。

それから栗毛色のミディウィッグを被《かぶ》る。先端は嫌みでない程度にカールしてあって、これもボク好みだ。

最後にウィッグの後ろをお気に入りのレモンイエローのリボンで纏《まと》める。

うん、完璧《かんぺき》。

可愛いだけではなく、どことなく妖《あや》しい雰囲気もあるじゃないか。

完全武装したボクはこの瞬間からミチルに変身する。

「いってきまーす」

自分にだけ聞こえるように言うと、ボクは表に飛び出した。

団地の階段を駆け下りていくと、同じ階に住むおばあちゃんと会った。

「あらミチルちゃん。お出かけ？」

このおばあちゃんにはボクが翔である時にも会っているので声は出せない。ぺこりと頭だけ下げてすれ違う。

「いつも元気ねえ。翔くんはあんなに大人しいのに」

そのまま団地の中にある小さな公園に向かう。ここ数日は雨も降らず、暖かい日が続いているせいか春の花が一斉に開き出している。

春の花はきっと人を浮き立たせる花粉を持っているのだろう。ボクは雲の上を歩くように公園を横切る。ここで遊具に触ることもないし、ましてや他の子たちと言葉を交わす訳でもない。とにかく表に出て、ミチルであることを堪能《たんのう》したい。一日に一度だけミチルに変身する代わりに一生懸命勉強する——それがボクと両親との間に交わされた約束だった。

もちろん同じ階に住む人たちは桑島《くわしま》翔というボクを知っている。正面切ってまじまじと観察されればボクが翔であることが分かってしまうかも知れない。でも、そのドキドキ感が却《かえ》って堪《たま》らなかった。

秘密の愉《たの》しみ。

正体が明かされるスリル。

もしバレたら、きっとボクはもうまともに扱ってもらえなくなるだろう。変態、とか陰口を叩《たた》かれるかも知れない。

知った人が近づく度に心臓が高鳴り、呼吸が浅くなる。気づかれないまま遠ざかっていくと一気に脱力する。その落差がまた堪らない。

公園をひと回りするとすぐ家に戻る。ミチルの姿でいるのは団地内だけというのは父さんが出した条件だった。

ミチルの格好のまま宿題に取り掛かる。

ミチルは翔よりもずっと活発で、そして頭も良かった。翔なら二時間かかる宿題も一時間で済ませてしまう。計算問題の合間に机の抽斗からお馴染みの写真を取り出す。

それはボクが二歳の時に撮ったミチル姿の写真だ。ちょこんと椅子に座ったミチルはまるでフランス人形のように見える。そして、このミチルも頭に印象的な大きな黄色のリボンをしている。

思えばボクが黄色いリボンをマストアイテムと決めたのは、この写真があったからだ。もちろん写真に写っているリボンはもう手元にはないけれど、この小さなミチルがその後の参考になっているのは間違いない。

六時を過ぎると、パートから母さんが帰って来た。

「あら」

部屋に入って来た母さんはボクの顔を見るなり、頬に触れてきた。

「子供ってやっぱりいいわねえ。男の子でも、こんなに化粧のノリがいいんだから」

そしてつまらなそうに自分の頬を撫ぜる。

「エイジングケアの費用って結局は年齢に比例するのよね」

化粧に関する話は、数少ないボクと母さんの共通の話題なので喜んで聞いていた。

ボクにメイクの基本を教えてくれたのは母さんだ。だからあまり高価なものは駄目だったけれど、大抵の化粧品はボクにも使わせてくれていた。

初めて化粧水を肌に擦り込んだ時の感触は昨日のことのように憶《おぼ》えている。ボクは最初から抵抗せず、むしろ嬉しそうにしていたらしい。

「昔から素質はあったのよ」

と、母さんは事あるごとにそう言った。それを聞く度にボクは何だか懐かしくなってしまう。今はさすがにないが、小学校に上がる前までボクは自分のことをアタシと呼んでいた。それに一緒に遊んでいたのも女の子ばかりで、ずっと女言葉で通していた。

両親はこれを大層面白がった。それで家や団地の中では女物の服を着せて遊んでいたのだ。自分の子供で遊ぶなんてのは困りものだが、当の本人がそれを甚《いた》く気に入っていたというのだから文句は言えない。もちろん世間体もあるので、ご近所にはボクにミチルという妹がいるということで通している。

八時になると父さんが帰って来て、やっと夕飯になる。どうせ冷凍食品を温めるだけなのでボクたちが先に食べていても不都合はないのだけれど、父さんは家族一緒に食べることに意味があるのだと言う。

ボクは戸塚先生から聞いたことを話題にした。学校がボクのことを認めてくれたようで、とても晴れやかだったからだ。

だが、父さんの反応は意外だった。

「そんなのに騙《だま》されちゃ駄目だぞ、翔」

「え」

「学校や先生が言うことなんて大抵は建前だ。生徒を一律に管理する方が楽なんだから、実際にお前がカミングアウトなんかしたら確実に邪魔者扱いされる」

「そうかなあ……」

「仮にお前を、その性同一性何とかだと認めたら、学籍は男子なのに体育の授業では女子扱いにしなきゃならない。トイレや着替えは別室を用意しなきゃならない。そんな面倒臭いこと誰が進んでしたがるものか」

父さんはボクを正面から見据えた。

「世の中はお前が考えているよりずっと了見が狭いんだ。マイノリティはどうしたって迫害される。家で許しているのは、あくまでガス抜きに過ぎない。いいか、これからもお前が女装してることは絶対に秘密にしろ。父さんと母さん以外には誰にも言っちゃいけない。団地内でしかミチルの格好をしないという約束も厳守しろ。もし破ったら、また納戸に押し込めるからな」

納戸と聞いてボクは一も二もなく頷《うなず》いた。トイレの向かい側にある納戸。スキー道具が置いてあるけど、悪戯《いたずら》をするとよくそこに放り込まれた。暗くて、湿っていて、ひどく嫌な臭いがする場所だ。

あんな場所に放り込まれるのだけは死んでも嫌だった。

2

翌日、家に帰ってドアポストを探ると一通だけ手紙が入っていた。

誰にだろう？

その宛名を見て、ボクは息が止まりそうになった。

『桑島ミチル様』――。

きっとボクの目は丸くなっていただろう。

何度も確かめるが、間違いなくミチル宛てになっている。慌てて差出人を見ると〈IR学校教材〉とある。

ボクは破裂しそうな胸を押さえながら手紙を開封した。

だが、中身は学校教材のダイレクトメールに過ぎなかったので、膨れ上がった胸が少しだけ楽になった。

ただ、依然として心臓は早鐘を打っていた。

どうしてミチル宛てに手紙が来たのだろう？

この〈IR学校教材〉という会社はどうやってミチルのことを知ったのだろう？　桑島ミチルの存在は団地の人以外、誰も知らないはずなのに。

父さんか母さんの悪戯？

違う。昨夜《ゆうべ》父さんはミチルのことを絶対秘密にしろとボクに告げたばかりだ。母さんも横で頷いていた。その二人が選《よ》りに選ってこんな悪戯をするはずがない。

急に気味が悪くなった。

毎日彼女の格好をしているが、もちろんミチルは架空の人物だ。ボクが名前と姿を借りているだけだ。その架空の人物にどうして手紙が届く？

もしかしてボクの中にいるミチルが実体となってこの世界に現れたのか？

すぐにボクは自分でその想像を打ち消す。馬鹿な。ＳＦじゃあるまいし、そんなことがあって堪るものか。

でも、それならこれをどう説明する？

混乱した頭が次々に突拍子もないことを思いつくので、今度は頭が破裂しそうになった。ボクはダイレクトメールをいくつにも引き裂いて屑籠《くずかご》に放り込む。

それでも気味悪さは相変わらずだった。帰って来た母さんと父さんにこのことを伝えたが、二人とも笑うだけでまともに相手にしてさえくれなかった。


ところが気味の悪い出来事はそれだけで終わらなかった。

いつものようにミチルに変身して公園に行った時だ。誰もいなかったので一人でブランコに乗っていると、向こうから一人の男がゆらりと姿を現した。

見るからに怪しい格好だった。大きなサングラスとマスクですっぽりと顔を覆い、人相も年齢も全く分からない。おまけに黒い帽子に黒いコートと上から下まで黒ずくめだ。

ボクはすぐに死神を連想した。

その死神はボクを見つけると、こちらに近づいて来た。ボクは咄嗟《とっさ》に周囲に助けを求めようとしたが、公園にはボクと死神の二人しかいなかった。

男はどんどん近づいて来る。それなのに、ボクは金縛りに遭ったように一歩も動けないでいる。

そして、遂に男はボクの目の前に立った。

「桑島ミチルちゃんだね？」

思わず叫びそうになった。

「君、ミチルちゃんだよね？」

男は重ねて訊《き》いてくる。マスクのために声がくぐもって尚更《なおさら》不気味に聞こえる。

「わたしは君と話をするためにやって来たんだ。隣に座ってもいいかい」

ひと言話す度にじりじりと男は距離を縮めてくる。

頭の中でけたたましく警報が鳴った。

話すことなんてあるものか。

今すぐ逃げろ。

ボクは地面を蹴《け》って飛び出した。

あ、と男は驚いた風だったが、もう様子を窺《うかが》うような余裕はなかった。まるで天敵に出くわしたネズミのようにボクは走る。

「待ちなさい」

待って堪るか。

男の脇をすり抜けて走る。大丈夫だ。ミチルは大胆な上に俊敏だ。翔のようにいちいち行動を躊躇《ちゅうちょ》するようなことはしない。

「待ちなさいったら」

やっぱりミチルは足も速い。背中に受ける男の声がどんどん遠ざかっていく。そのまま棟の階段を駆け上がって、部屋の中に逃げ込む。上下の鍵《かぎ》とチェーンで三重にロックして、隅にうずくまる。

一秒が一分にも感じられるような恐怖を味わっていると、ドアをノックする音がした。

「ミチルちゃん？　ミチルちゃん？　ここを開けて話をしてもらえませんか」

男はここまで来て、ミチルの名前を呼び続ける。何かで読んだことがある。こんな時はひと言だって返事をしてはいけない。返事をしたが最後、死神は易々と鉄の扉をすり抜けて建物の中に侵入して来るのだ。

男は何度もノックと呼び掛けを試みたが、やがて諦《あきら》めたらしく部屋の前から去って行った。

それでもボクは部屋の隅から離れられず、ずっと自分の肩を抱いてうずくまっていた。

その日の夜、父さんと母さんに今日起きたことを報告すると、さすがに今度は二人とも笑わなかった。

「翔。それは絶対に変質者よ」

母さんは眉間《みけん》に皺《しわ》を寄せて言った。

「春になると決まってそういうのが出没するのよ。サングラスにマスク？　定番もいいとこじゃない。素性を知られたくないどこかのロリコンオヤジが翔に、っていうかミチルにイタズラしようと近寄ってきたのよ。そいつ、目の前でズボンのファスナー開けたりとかしなかった？」

いや、そういうことはなかったんだけれど。

「でも問題はアレよね。そういうのが現れてもミチルの格好のままだと叫ぶにも叫べないものねえ」

「うん」

母さんの言う通りだった。あの時、大声を出せなかったのは怖かったせいもあるけど、人を呼ぶことでボクの秘密が皆に知られてしまうんじゃないかと焦ったのだ。

「しばらくミチルの格好はやめた方がいいな」

父さんは夕飯の焼き餃子《ギョーザ》を頬張りながら、そう言った。

「ロリコンかどうかはともかく、部屋の前まで来たってのは危険だ。警察に届ける手もあるが、警察は何か起きてからでないと本気で動いてくれないしな」

父さんの言う何か、が具体的にどういうことを指すのかは怖くて訊けなかった。

「話を聞く限りじゃそいつが用のあるのはミチルらしい。しばらくミチルが姿を現さなけりゃそのうち諦めて来なくなるさ。どうだ、しばらく我慢できるか？」

ミチルになれなくなるのは不満だったけど、あの男につけ回されることを思えば仕方がない。ボクは首を縦に振ってみせた。

二人に相談すると恐怖心はずいぶん治まった。

でも、今度は別のことが頭を離れなくなった。

本当に桑島ミチルという子は架空の人物なのだろうか？

彼女宛てに届いたダイレクトメール。

そして彼女目当てに近づいて来た男。

ボクの中でミチルは圧倒的な存在感があった。その彼女が現実のボクと交代しようとしているんじゃないのか？　二つの出来事はその前兆ではないのか？

改めて考えてみると、ミチルはあらゆる点でボクよりも優れていた。見た目も、頭脳も、そして行動力も。友達を選べと言われたら、誰だって桑島翔よりも桑島ミチルの方を選ぶに決まっている。

彼女は現実の世界にいたがっているんじゃないのか。もしそうなら、同じ身体を共有しているボクは邪魔な存在になる。そうしたらミチルはボクと入れ替わろうとするだろう。

ボクは心底怖くなった。ミチルが別に存在しているという説明よりも、こっちの方が断然説得力を持っている。何故なら、ミチルは確かにもう一人のボクだからだ。

いつだったか戸塚先生が教えてくれた。一人の人間の中にはいくつもの人格が存在しているのだと。その場面場面において別の人格になるのはそういう理屈なのだと。

だったらボクという人格がミチルという人格に乗っ取られても、少しも不思議じゃない。いや、何かにつけて人目を引くミチルの方が主導権を握るのに相応《ふさわ》しい気がする。

父さんはしばらくミチルの格好をするのは控えろと言った。でも、そんなことに関係なく、ボクの中でミチルの割合は加速して大きくなっている。このまま放っておけば、ボクは間違いなくミチルに侵略されてしまうだろう。

そしてボクはこの世から消滅してしまう。

そんなのは嫌だ。

夕食が済んでから風呂《ふろ》に入った。ボクは真っ裸になった自分の身体を見下ろした。平べったい胸と、股間《こかん》についているモノを確認してひと安心する。

良かった。まだボクは男のままだ。

だけど、この状態がいつまで続くのだろう――湯船に沈んだ身体を震えながら抱き締める。起伏に乏しい体つき、薄い胸板、細い手足。いつも直也からは「貧弱だねえ」と笑われていたけれど、自分の身体がこんなにも愛《いと》しく思えたことはなかった。

その夜、ボクは一睡もしなかった。


異変は翌日になってもまだ続いた。

直也と一緒に下校していると、駅前商店街の手前で後ろから声を掛けられたのだ。

「なあ君たち。今いいかな」

振り返ると、背筋をしゃんと伸ばした男の人が立っていた。まるでテレビドラマの俳優みたいに整った顔をしている。

「知らない人と口を利くなって先生が……」

直也が防犯ブザーを見せつけて警戒心を露《あら》わにすると、男の人は少し感心したように腕を組んだ。

「ふうむ。多少殺伐としているが、不審者への対処法としては百点というところか。じゃあ、これならどうだ」

そう言って防犯ブザーの前に二つ折りのパスケースを突き出した。開くと、上は写真つきの身分証明書、下には金色のバッジが埋め込まれている。身分証には犬養隼人という名前が記されている。

「あ、警察手帳。すげ。本物じゃん」

「本物の警察官なら質問しても構わないだろう。それにしても、どうして本物だと分かる？」

「通販とかで売ってるレプリカはもっとぴかぴかした金メッキなんだよ。これはほら、色がくすんでる」

「最近の学校じゃそんなことまで教えているのか」

「まさか。兄ちゃんが刑事ドラマオタクだから教えてくれるんだ。そのテの通販サイトも見てるしね」

「素晴らしいお兄さんだな。一度、本物の手帳を携えて会いに行きたいところだが……生憎《あいにく》と用があるのはそっちの君でね。桑島翔くんだね？」

「は、はい」

「妹さん、つまりミチルちゃんのことで訊《き》きたいことがあるんだが」

その名前を聞いた瞬間、頭の中でまた警報が鳴り響いた。

もう警察までがボクの秘密を嗅《か》ぎつけている！

「知らない」

咄嗟《とっさ》にそう答えた。

「知らないって……君の妹のことだぞ。一緒にいるんじゃないのか」

「そんな子、見たことも聞いたこともないよっ」

それだけ言うと、ボクはその場から駆け出した。

「おおい、翔っ」

直也の声にも振り返らなかった。今、止まれば、あの刑事に捕まってしまう。

振り向くな。立ち止まるな。

いったい、どこにそんな力があったのだろう。ボクは自分でも驚くほどの速さで舗道を駆け抜けた。


その夜、ボクは夢を見た。

団地の公園でボクはミチルと並んでブランコに乗っていた。辺りは夕焼けで真っ赤に染まっているのに、ミチルだけはスポットライトを浴びたように白くぽっかりと浮かび上がっている。

「どうしてボクがいる時に、君がいるんだよ。君はボクの一部なんだろ」

するとミチルはくすくす笑い出した。

「そんなこと、誰が決めたの？」

初めて聞くミチルの声は耳に心地好《よ》く響く。

「一瞬でも疑わなかったの？　逆にあなたがアタシの一部だっていうことを」

「そんなこと」

「あなた、アタシに勝てるものが一つでもある？　頭いい？　駆けっこ速い？　皆からモテる？　あなたが表に出ているより、アタシに入れ替わった方がいいに決まってるじゃない」

「そんなこと、できるもんか」

「どうして？」

「君は架空の人物だ」

「あはは。まあだ、そんなこと言ってんの」

ミチルは可笑《おか》しくて堪《たま》らない様子だった。

「じゃあ、どうして架空の人物に手紙が届くのよ。どうして架空の人物に人が会いに来るのよ。どうして警察の人がアタシを知ってるのよ」

「それは……」

「性同一性障害。この間、聞いたでしょ」

「うん」

「薄々気づいていたはずよ。桑島翔の身体は男、でも心は女だって。いいこと？　アタシ桑島ミチルはあなたの主人格なの。あなたなんて元々アタシの陰に隠れた人格に過ぎないのよ」

ひどい言われようだけど、ボクには何の反論もできない。そう考えたことがないと言えば嘘になるからだ。

「まだ抵抗あるみたいね」

「当たり前じゃないか。いきなり交代しろと言われて、はいそうですかなんてすぐ答えられないよ」

「それはまだ、あなたの身体が男の子だからよ。女の、つまりアタシの身体に変身すれば納得するんじゃない？」

「君の身体に変身だって。馬鹿なこと言うなよ。性転換でもしろっていうのか」

「手術する必要なんてないわ」

ミチルはブランコの勢いをつけると、ぱっと飛び跳ねた。着地は見事に決まった。

「アタシとあなたは自然に入れ替わるの。あなたは突然、女の子の身体になる。そして、それと同時にあなたはアタシの人格に隠れて、初めて心と身体が一致する。桑島翔という人間はこの世から消えてなくなる」

「嘘だ」

「嘘じゃないわ」

ミチルはボクに顔を近づけてきた。近くで見れば見るほど人形のように整った顔だ。

「世界が変わるの。世界そのものが変わったら、あなたの身体が変化することくらい何でもないでしょ」

「世界が変わる？　そんなことある訳が……」

「アタシもあなたも大好きでしょ？　黄色」

ミチルは自分の頭を飾るリボンを指差した。

「世界を黄色に染めるというのはどう？」

「世界を黄色に染める？」

「そう。まるでレモンイエローのフィルターを通したような真っ黄色の世界。アタシ好みの世界。アタシ色の世界」

ミチルは歌うように喋《しゃべ》り続ける。

「その時、世界が変わり、あなたも変わる。あなたはアタシになるの」

ミチルが勝ち誇ったように言い放つ。

それが合図だった。

突然、今まで茜色《あかねいろ》に染まっていた世界が様相を変えた。団地の壁、公園の草木、そして空が徐々に黄ばみ始めたのだ。

「翔、分かるでしょう。もう新しい世界が来ているのよ」

するとミチルまでもが頭から黄色に変色していく。まるでリボンの黄色が他の色を食い潰《つぶ》しているようだった。

そしてボクの足元も変色を始めた。

「消えてしまいなさい、翔」

怖くなって腹が冷えた。

ボクは声を限りに絶叫する。

「うわあああっ」

その途端に目が覚めた。

知らぬ間に息が荒くなっていた。

気がつけば顔といわず首といわず、身体中から嫌な汗が噴き出していた。

3

昨夜に見た夢はさすがにおとぎ話みたいだったので両親には話せなかった。話したところで笑われるのがオチだ。

こんなことを話せる人間は一人しかいない。登校途中で合流した直也に、早速ボクは訊いてみた。

「あのさ、世界が急に変わることってあるのかな」

「へっ？」

直也は素《す》っ頓狂《とんきょう》な声を返してきた。それでもボクが表情を変えなかったので真剣だと判断したのだろう、しばらく考えてからこんなことを言い出した。

「これ、全部兄貴の受け売りなんだけどさ。日本って外国に比べて色々安定してるじゃん。政治とか社会とか。どっかの国みたいに核ミサイル配備しようとか、死人の出るような暴動なんて起きないじゃん。だから日本人って急激な変化なんて予想してないし、もし変わるとしても、ゆっくりゆっくり変わるものだと思ってるって。分かる？」

「うん。何となく分かる」

「俺も何となくなんだけどさ。だけど、兄貴の意見じゃそんなのは勝手な思い込みで、本当はこの世界は一瞬で変わっちゃうんだ。でも、みんな、それを知ってて知らないふりをしている。そんなことを考え出したら毎日が不安でしょうがないから」

「一瞬で変わっちゃうの？」

「二年前の東日本大震災がそうだったじゃない。あれだって一瞬だっただろ。一瞬で町が流されて沢山の人が死んだし、福島の原発があんな風になって、大勢の人の生活が一変しちゃっただろ」

「うん……」

「だからさ、世界が急に変わっても不思議でも何でもないってさ」

きっと直也はボクが単なる好奇心で、そんな話をしたと思ったのだろう。でも直也の兄さんの意見は、今のボクにとってひどく現実味のある話だった。

世界は一瞬のうちに変わる。

それならボクだって一瞬で変わってしまう。

異変が起きたのは昼過ぎのことだった。

雨でも降り出すのか、いやに外が暗いなと思っていると、窓際に座っていた健治《けんじ》が大声を張り上げた。

「な、何だよ、あれ！」

その声につられて窓際に集まったボクたちは皆、声を失《な》くした。

空が黄色く染まっていた。

雨雲でも雪雲でもない。夕立の黒雲でもない。空一面が黄土色に覆われて陽射しを遮っている。そのせいで学校の壁や樹木までがくすんで見える。黄色の空に切れ間は少しもなかった。窓から見る限り、どこまでもどこまでも続いている。

皆は口ぐちに感嘆の声を上げて珍しそうに外を見ていたが、ボクだけは違った。

全身を恐怖が駆け抜けていた。

やって来たのだ。世界の一変する時が。

そしてボクはミチルに身体を奪われる。

すぐに窓際から離れた。そこにいるだけでミチルの使者がやって来そうに思えた。

五時間目の授業でやって来た戸塚先生は、一度だけ窓の外を見て言った。

「最近は本当に妙な天候が続く。ニュースを見ていても観測史上初とか最高とか、そんな話ばかりだ。しかしまあ、槍《やり》が降ってくる訳でもないから、みんなもあまり騒がないように」

話はたったそれだけで打ち切られた。こんな異常事態も授業ほどは重要じゃないという口ぶりだった。

冗談じゃない。

槍が降ってくるだけでは済まないんだ。世界が変わってしまうんだよ。

「おい。どうした桑島。顔が真っ青だぞ。調子でも悪いのか」

戸塚先生の問いかけに、ボクは首を横に振ることしかできなかった。

逃げろ。

みんな、早く逃げろ。

その後の授業では先生の言葉が右から左に抜けていった。少しも集中できない。心臓の鼓動はずっと速いままで、拭《ぬぐ》っても拭っても手汗を掻《か》いた。

きっと何を話したところでみんなは信じないだろう。ボクが女の子に変身するなんて聞いたら大笑いするに決まっている。

誰にも相談できない。

誰にも救いを求められない。

ボクは一人で逃げるしかないのだ。

終礼のチャイムと同時にボクは教室を飛び出した。逃げ場所があるのかどうかも分からなかったけど、じっとしていると自分の恐怖心に食い潰されそうだった。

校舎を出て空を見上げる。

改めてぞっとした。

すっかり黄色くなった空が低く圧迫している。しばらく見ていると吐き気を催しそうな色だ。雲が拡がっているというような光景ではない。最初に見た時よりも厚みが増し、いつもなら見えるはずの高層ビルが完全に掻き消されてしまっている。はるか彼方《かなた》まで視線をやっても、その切れ間はどこにもない。まるで水槽の上に落ちたインクが、下へ下へと拡がりながら落ちていくようだった。本当に、この世界をすっぽりと覆っている。少なくとも、この場所から見るとどこにも逃げ場所はない。

夢で見た通りだった。黄色がとんでもない速度で世界を食い荒らしている。このまま進めば、街が黄一色になるのも時間の問題だった。

ボクは力の限り駆け出した。取りあえず、今は家に帰るべきだと思った。部屋の隅で、いや、それでも不安ならあの納戸の中でもいい。ずっと身を潜めていよう。

だが、その一方でもう一人のボクが意地悪く囁《ささや》く。

隠れて、それでいったい何になる？

世界が変わり始めた今、お前の肉体もすぐミチルに取って代わられる。これは避け難い運命なのだ——。

うるさい。

うるさい。

うるさい。

ボクはその声を振り切るようにして走る。

ところが校門を抜け出たところで、足が止まった。

「やあ」

背筋に冷水を浴びせられたような気がした。

目の前に、あの黒ずくめの男が立っていた。

「桑島翔くんだね。待っていたよ。ここにいれば君に会えると思ってね」

マスク越しの、くぐもった嫌らしい声。

その手がこちらに伸びてきた。

ボクはその手を払い除《の》けると、男の横をすり抜けようとした。でも、今度は勝手が違った。もう片方の手が後ろからボクの肩を摑《つか》んだのだ。

「おっと。逃げないでくれよ」

無我夢中でその腕を振り払う。男はその抵抗が意外だったらしく、少し後ずさる。

今だ。

脇目も振らずにもう一度駆け出した。するとすぐに背後から足音が迫ってきた。

追いかけて来る！

「待てったら！」

男の声が背中に貼りつく。

ああ、こんな時ボクにミチルくらいのすばしっこさがあったなら。

悔やんだけれど仕方がない。とにかく今は逃げ切ることだ。普通に通学路を走ったら不利なことは分かっている。脇道に裏道、もしくは路地裏。そういう道に逃げ込もう。そうすればボクにだって勝機が出てくるはずだ。

並木通りを死にもの狂いで突っ走る。まだだ。ここに抜け道はない。あと二十メートル先の交差点まで行けば、角の酒屋の脇から裏道に入ることができる。そこから工事現場の敷地内を突っ切れば、団地までは一直線だ。

並木通りを過ぎると幹線道路に出た。ここはいつも人通りがあるので、ボクみたいな子供が逃げるのには適している。サラリーマンや買い物客の間を縫うようにして走る。ちらと後ろを振り返った。目論見《もくろみ》通り、黒ずくめの男は通行人の波に阻まれて真っ直ぐ走れないでいる。それでもボクの姿を見失うことはなく、執拗《しつよう》に追いかけている。

頑張れ、桑島翔。

ようやく交差点に辿《たど》り着いた。でも目の前の信号は既に青が点滅している。

畜生！

信号が赤に変わったのと横断歩道に進入するのがほぼ同時だった。それでも横の信号が青になるまでにはまだタイムラグがある。子供が突っ走る横断歩道を見切り発車するクルマもないだろうという計算もあった。

セーフ。

横断歩道を渡り切った直後にクルマの波が動き出した。男は向こう側で口を歪《ゆが》めてこちらを見ている。ざまを見ろだ。

やっと酒屋の看板が見えた。

あの脇から裏へ。

そして店前の自販機まで来た時だった。

誰かの手がボクの右手を摑んだ。

「通学路以外の道を通るのは防犯上、感心しないな」

恐る恐る振り向くと、それは犬養刑事だった。

「は、放して」

「放したら、この脇道を通るんだろ。危ないじゃないか」

「ここにいる方が危ないんだよ！　ボク、死神に追われてるんだ」

「死神……？　はは あ、そういうことか」

やがて、あの黒ずくめの男が横断歩道を渡って来た。

「放してったら。け、刑事さんもミチルの手下なのかよ。世界を黄色くさせようとするのか」

腕を振り払おうとしたが、犬養刑事の力はボクよりもはるかに強くてとても歯が立たない。そうこうする間に、遂に死神がボクたちの前までやって来た。

万事休すだ。

「ああ、犬養。面倒掛けたな」

やっぱり刑事もグルだったんだ。

「言っとくが翔くんが逃げ出したりしたのはお前にも非がある。サングラスにマスクで近づいたら、大抵の子供は不審者だと思う」

「しょうがないじゃないか。今年の花粉飛散量は去年の六倍なんだぞ。完全防備してなきゃ呼吸もできん」

え？

「翔くん、紹介しよう。こいつは柴崎《しばさき》といって区の子育て支援課に勤める公務員だ。わたしとは大学の同期でね」

「子育て支援課……じゃあ黄色い世界の使者じゃないの？」

「黄色い世界？　ああ、この空のことを言ってるのかい」

犬養刑事は空を見上げて軽く笑った。

「さっき気象庁から発表があったよ。あの黄色い空。あれは天変地異でも世界の終わりでも何でもない。煙霧という自然現象だよ」

「煙霧？」

「ここ数日、晴れた日が続いて乾燥していたろう。その関東平野の乾いた砂が、南下した寒冷前線の強風に巻き上げられてあんな風になった。砂埃《すなぼこり》が層になり、太陽光線を透過させるとああいう色になるらしい」

「じゃあ、ボクを追いかけたのは」

「君の妹、桑島ミチルちゃんについて話が訊《き》きたかったからだ」

「ミチルはボクの作った架空の人間だよ！」

そう抗弁すると、二人の男は顔を見合わせた。

「翔くん。君は自分ちの戸籍謄本とか住民票を見たことはあるか」

「ないよ」

「じゃあ教えてやろう。桑島家の戸籍には確かにミチルちゃんの名前が記載されている。生年月日は平成十八年四月八日。君より三つ年下の妹としてちゃんと実在しているんだ」

4

訳も分からないまま団地に戻ると、家の中には大勢の警察官がいた。

「最初に断っておくが、十歳の君にはとても残酷な話になるだろう。しかしわたしは隠すつもりはない。世の中には隠したままにしておいた方がいいこともあるが、これは隠し通すにはあまりに事が重大だし、隠したところで不審が残る。不審はやがて別の病因になる。それを防ぐためにも君は真相を知っておくべきだ。その結果、わたしを恨むのならそれでもいい」

犬養刑事の言葉は半分も理解できなかったが、とにかくボクに全てを教えようとしているらしいので黙って聞いていた。

「ところで、この家で滅多に使わない部屋とか場所はあるか」

「うん。納戸はあまり開けたことがない」

ボクの答えを聞くと、犬養刑事はその場所に案内するように言った。

「ミチルちゃんは戸籍上に存在するから当然、毎年成長していく。ミチルちゃん宛てに学校教材のダイレクトメールが届いたのも、その戸籍から業者が名簿を作成したからだ。区の子育て支援課は保育状況の調査も含め、就学年齢に達したら本人に面談しなきゃならない。ところが、いくら呼び出しをかけても君の両親はミチルちゃんを担当の柴崎に会わせようとしない。どうも様子が変だというので、わたしに相談してきた。そこでわたしがミチルちゃんのことを訊《たず》ねると、君はそんな子は知らないと言う。疑問はますます深まった。戸籍上は子供が二人いるはずの家庭なのに実際は一人しかいない……ああ、これが納戸だね」

犬養刑事は納戸を開くとしゃがみ込み、そこの床を指で叩《たた》き始めた。

「やはり床の下は空洞になっている。おい、床板剝《は》がすぞ」

警察官の一人が釘《くぎ》抜《ぬ》きを持って来て、床の隅に先端を捻《ね》じ込ませる。

「でも、昔からこの家には子供はボクしかいないよ。ほら」

ボクは二歳の時に撮ったあの写真を見せた。

「その頃からボクはミチルでもあったんだから」

しかし写真をしばらく凝視していた犬養刑事は、頭を振って写真を戻した。

「これは君じゃなくて本物のミチルちゃんだよ。よく見ないと分かり難《にく》いが、この写真の子は右の耳朶《みみたぶ》に黒子《ほくろ》がある。しかし君の耳にそんなものはない」

「出ました！」

床板を外した警察官が声を上げる。咄嗟《とっさ》に犬養刑事がボクの前に両手を広げる。

「見るな」

だが、その一瞬のうちにボクは見てしまった。

ぽっかりと口をあけた床下には不思議な物が横たわっていた。

長さ七十センチほどの小さな骸骨《がいこつ》。

その頭にはすっかり色褪《いろあ》せてしまった黄色いリボンが纏《まと》わりついていた。

「犬養さん。頸部《けいぶ》の骨が砕けていますね」

「すると自然死じゃない可能性もあるな。すぐふた親ともここに連れて来い」

犬養刑事は不味《まず》いものを吐き出すように言った。

「あれが、本物のミチル？」

「そうだ。君の記憶にないくらいだから、かなり以前に殺されてここに放り込まれていたんだ」

「どうしてそんなことを」

「もちろん殺人を隠蔽《いんぺい》する理由もあった。しかし、度々君にミチルちゃんの扮装《ふんそう》をさせて人前に晒《さら》していたのは、まだミチルちゃんが存在していることを近所にアピールしたかったからだ。もしミチルちゃんが生きていないことが発覚すると児童手当が支給されなくなるからな」

「児童手当っていくらなの」

「二〇一一年までは一万三千円、二〇一二年度からは三歳児以上で一万円」

「……たったそれっぽっちのために？」

「毎月当たり前のように支給されていると固定給みたいに思えてくる。それを切られるのが途《と》轍《てつ》もなく嫌だったんだろう」

後から聞いた話では、ミチルは母さんと他の男の人との間にできた子だった。父さんはミチルの入園前に行った血液検査で偶然それを知り、衝動的に殺してしまったということだ。母さんも嘘を吐いていた負い目があったので、父さんを責められなかったらしい。だからボクは少なくとも二年間ミチルと一緒に暮らしていたはずなのだが、五歳からずっとミチルとの二役を演じ続けたせいで記憶が混乱したのだろう――犬養刑事はそう説明してくれた。

結局、ボクはしばらく父方の祖父母に引き取られることになった。

学校も転校することになり、さっきクラスの全員に挨拶《あいさつ》を済ませてきたところだ。

そして今、名残惜しい校門の前でボクは彼が来るのを待ち侘《わ》びている。

世の中には隠したままにしておいた方がいいこともある——犬養刑事はそう言った。

それなら、ボクのこの想いはどちらになるのだろうか。いつも身近にいてくれた彼。最近、ぼんやりと気づいていた。ひょっとしたらボクが彼に抱いていたのは友情以外の感情だったのかも知れない。そんな相手に、本当の自分を隠したまま立ち去ることに抵抗があった。打ち明けて後悔するべきなのか、打ち明けずに後悔するべきなのか。

考えあぐねていると、向こう側にその人物が姿を現した。

ボクは思わず声を上げた。

「待ってたよ、直也」

七　紫の供花

1

死後三日以上は経過しているかも知れない——出動前にそう聞いていたので、榊間明《さかきまあき》彦《ひこ》は覚悟を決めていた。死体発見現場は閉め切られた室内だというから、さぞかし腐敗臭が充満していることだろう。強行犯係になって三年、今までも数日経過した死体を度々拝まされたが、未《いま》だにあの臭いには慣れない。

今日は四月二十日。世間の暦ではようやく初夏に向かうところなのだが、ここ岐阜県多治見市内は既に夏真っ盛りで午後三時の気温は三十二度を超えた。何しろ〈日本一暑い街〉として毎年、埼玉県熊谷《くまがや》市と張り合っている場所だ。市民としてこの程度で弱音を吐くつもりはないが、あの腐敗臭だけは別だった。

午後六時に現場到着。黄色いテープで囲まれた平屋の一戸建てがそうに違いない。現に鑑識の連中が早くも行動を開始している。

「通報したのは隣宅の主婦です」

現場の玄関先に立っていた巡査はそう報告した。

「ここ三日くらい、ポストに新聞が溜《た》まっているけど、室内の明かりが点《つ》きっ放しになっていて妙だと」

そこで現場に出向くとドアに施錠がされておらず、中に入って死体発見となった次第だ。

「一人住まいなのかな」

「はい。世帯主は高瀬昭文。ずっと独り暮らしだったそうです」

鑑識作業が終了したのを見計らって臨場する。予想通りだ。家の中に入った瞬間、むわっと湿った熱気が襲い掛かる。咄嗟《とっさ》に息を止めたが遅かった。例の、動物性蛋白質《たんぱくしつ》の分解される甘い死臭が鼻腔《びこう》に侵入し、胃の中身をせり上がらせる。

間取りは2LDK、うち二部屋はいずれも洋室だが、死体はダイニングテーブルの真横に俯《うつぶ》せで転がっていた。

ワイシャツにズボン姿。ひどく親切な死体で、左脇腹の後ろに包丁を突き立てて死因を教えてくれている。横向きの死に顔は目を閉じて眠っているようにも見える。年の頃は六十代半ば、瓜実顔《うりざねがお》で彫りが深い。

「致命傷はこれですか」

誰にともなく問いかけると、鑑識の一人が駆け寄って来た。

「ええ、解剖してみないと断定はできませんが、他に外傷は見当たりませんので」

所持していた免許証で、死んでいるのは高瀬昭文本人六十七歳であることが判明した。

左手首に腕時計を嵌《は》めているので、おそらく右利きだ。凶器の刺さっている場所を考えると、自分で刺したようには思えない。自殺の場合、傷の部位は自分の手が届く範囲に限られる。更に、自殺であれば肌の露出した部分に刃を当てる場合が多い。こんな風に衣服の上から刺すような真似はしない。

「鑑識の見立ては他殺ですか」

「ご覧の通り、包丁はほとんど柄の部分まで刺さっていますが、自分の手でここまで深く刺すのは不可能です。凶器が刺さったまま後ろ向きに倒れれば、あるいは可能かも知れませんが、そういった痕跡《こんせき》もありません。背後から何者かに襲われたと見るのが妥当でしょう」

意見の一致を確認してから、榊間は再度死体を見下ろす。死体の下に広がる血溜まりはすっかり固まり、色も黒く変色している。

「死亡推定時刻は？」

「検視官の意見では室内温度を考慮すれば三日前、つまり十七日の深夜十二時から三時にかけてといったところですか。しかし、これも解剖所見待ちです」

室内温度という言葉に引っ掛かった。

「死亡推定時刻は真夜中。隣人の話では明かりがずっと点きっ放しだった。にも拘《かか》わらずエアコンの方は切られていた。エコな犯人だったとしても中途半端だな」

その中途半端さのお蔭《かげ》で死体の腐敗進行が加速している。ハンカチで口と鼻を覆っていても強烈な死臭が押し寄せてくる。

「エアコンのスイッチからは本人の指紋しか検出できませんでした」

テーブルには茶が注がれたまま手つかずの茶碗《ちゃわん》が二客。つまり被害者は訪問客に警戒心を抱いていなかった可能性が高い。

榊間は三日前の深夜を思い出す。暑くて寝苦しく、早くも冷房をつけていた。死体は普段着のまま。これだけの材料で考えれば、被害者は外出から帰り、何者かの応対をして間もなく襲われたことになる。つまりエアコンをつける暇《ひま》さえ与えられなかったのだ。

「テーブルの端と内側のドアハンドル、そして包丁の柄に指紋を拭《ふ》き取った痕跡がありました。おそらく犯人の仕業でしょう」

次に榊間は室内を見回した。テーブルの上も含め部屋の中は整然としており、争った跡などは微塵《みじん》もない。被害者が背を向けた瞬間に包丁でひと突き。後は自分が手を触れた場所から指紋を拭《ぬぐ》い取り、施錠もせずに現場から逃走——思い描く画《え》は単純すぎるほど単純だった。

「ズボンには財布があり、中には現金三万五千円がありました」

部屋が荒らされていないことから物盗《ものと》りの線は最初から放棄していたが、その残金で見立ては補完された。

ダイニングの隣室に足を運ぶと、その隅に仏壇が鎮座していた。壇の上にはフォトスタンドが一台。中には母子の褪色《たいしょく》した写真が収められている。隣人の話によれば高瀬はずっと独り暮らしだったということなので、これは妻と娘なのだろう。

「家族を亡くしているのか。それにしても古い写真だな」

仏壇の前にはまだ新しい小ぶりの一輪挿しが一瓶。中にひと叢《むら》のレンゲ草が供えられている。この季節になれば野にも道端にも咲いているが、仏壇に供えられていると意外にも存在感がある。「手に取るな、やはり野に置けレンゲ草」という歌もあるが、清潔感漂う紫はなかなかに美しい。そう言えば、レンゲ草はここ岐阜県の県花でもある。

「室内をサウナみたいな状態にしたのは死亡推定時刻を狂わせるためだったんですかね」

鑑識課員は独り言のように呟《つぶや》く。もしそうであるなら、犯人はアリバイ工作を必要とする者、つまり被害者の顔見知りである可能性が高くなる。もっとも犯行時刻を誤魔化すには、腐敗の進行した状態でいったん室温を変えておかなければ意味がない。他人の出入りを防ぐためにもドアは施錠していくだろう。従って、この推論は成り立たない。

「訊《き》き込み、戻りました」

先に到着していた後輩の日坂《ひさか》が姿を現した。

「四日前に被害者を目撃した者はいますが……駄目ですね。三日前の深夜となると、大抵の家が窓を閉め切って家人は寝入っています」

大都会ならいざ知らず、夜七時を過ぎればこの辺りの商店は閉まり人通りも絶える。名古屋市内に通勤するサラリーマンがぽつぽつと帰路に就くが、それも八時がピークだ。

駅前や商店街と違い、人の集まる場所ではないので防犯カメラも設置されていない。今から目撃情報はあまり期待できない。

財布の中には社員証も入っていた。〈織部《おりべ》タクシー〉という社名が記されている。こちらはすぐ照会を取って、話を聞きに行くべきだろう。

これ以上現場にいても即座に役立つような情報は得られそうもない。榊間は現場検証を日坂に任せ、その場を後にした。

織部タクシーで来意を告げると、すぐ応接室に通された。個人経営の小さな会社で、現れたのは社長の礼島《れいしま》だ。

「高瀬さんは十七日に有休を取っていました。その後今日まで無断欠勤が続いたのでわたしたちも心配しておったんですが、まさかそんなことになっていたなんて……」

礼島は驚きを隠せない様子だった。もしこれが演技なら褒めてやってもいい。

「まだ入社して八ヵ月しか経っていませんが、本当に有能な方でした。ウチはまだ配車システムにコンピュータを導入していないので、高瀬さんのような人材は願ったり叶《かな》ったりだったんです」

高瀬本人もタクシー乗務員かと思っていたが、話を聞けばそうではないらしい。

「高瀬さんには配車係をお願いしていました。ウチの会社は十五台のクルマでやりくりしているのですが、その運行をスムーズに行うには、刻一刻と変わる十五台の位置を絶えず把握する必要がある。各時間帯、各道路の混雑具合も考慮しなくてはいけない。ところが高瀬さんは、そういう難事を楽々とこなしていた。前職も同様の仕事でコツは摑《つか》んでいたのでしょうが、それにしても見事でした」

「前職？」

「以前は高速バスの運行管理をされていたと聞きました。刑事さんもご存じじゃありませんか？　去年の五月、中央自動車道で起きた名濃バスの事故」

ああ、と榊間は合点して頷《うなず》く。可児市と新宿を結ぶ高速バスが高井戸インターチェンジ付近で防護柵《ぼうごさく》に衝突し、死者一名重軽傷者八名を出した事故だ。当初は運転手の居眠りが事故原因とされたが、その後の捜査で運転手の個人的な動機による偽装事故であることが判明した。一審では殺人罪が適用され懲役十二年の判決が下され、現在は二審で係争中のはずだ。

「国交省の取り決めに違反事項はなかったので、名濃バスが法的な責任を問われることはなかったのですが……まあ、何やかやで事故の二ヵ月後には廃業されましたからね」

礼島は言葉を濁したが、その後は言わずもがなの話だ。いくら会社に落ち度がなかったとは言え、そんな事故を起こした会社のバスに乗りたいなどと誰が思うものか。大方の予想通り利用客が激減して名濃バスは廃業せざるを得なくなった。

前勤務先の廃業が昨年の七月。すると高瀬は二ヵ月間の就職活動の後、織部タクシーに再就職した計算になる。六十七歳という年齢を考えれば非常に巡り合わせが良かったと言えよう。

「実際、会社廃業に伴う退職でしたからね。性格は温和で実直、仕事は有能でミスがない。いや、全く惜しい人を亡くしました」

「社内で高瀬さんに恨みを持つ人はいませんか。それほど有能な人材だったら逆恨みされても不思議じゃない」

「それが高瀬さんの場合には皆無でして。あれこそ人徳と言うのでしょうね。同年輩も若手も男女の区別なく、高瀬さんに気を許していたようです。かく言うわたしもそうですがね」

礼島は少し肩を落として言う。

「同僚というよりは自分の家族のような、和やかな雰囲気を持った方でした。高瀬さん自身がご家族を亡くされているという事情もあるかも知れませんが、身近にいるだけで気分が安らぐような方でした。社員が褒めて欲しい時に褒めてくれ、慰めて欲しい時に慰めてくれる。何と言いますか、空気を読むとか読まないとかいう言い方がありますが、あの方は人の心を読む達人だった。それが殺されただなんて。い、未《いま》だに信じられなくて……」

語尾は嗚咽《おえつ》で途切れた。どうやら演技でも何でもなく、礼島自らも高瀬を慕っていたらしい。

礼島が落ち着くのを待ってから、榊間は質問を再開する。

「ここ数日間、何か高瀬さんに変わった様子はありませんでしたか」

「特には……有休にしても毎月一日と決められたものを消化するだけで、これといった理由のない休みでしたから」

親族なし、恨みに思う同僚もなし。そうなると、捜査範囲は前職名濃バス時代まで遡《さかのぼ》る必要が出てくる。念のため礼島以外の従業員にも同様の質問をしてみたが、返ってきた回答はどれも似たようなものだった。

善人が殺される事件は厄介だ。動機が金銭目的に限られるので一見単純そうに見えるが、被害者が資産家でなかった場合、捜査はたちまち手詰まりになる。

高瀬昭文の人となりを頭の抽斗《ひきだし》に放り込んでから多治見署に戻ると、日坂が待っていた。

「あれから進展はあったか」

「進展と言えるかどうか。二つほど興味深い事実があります」

「教えてくれ」

「まず、被害者のケータイを調べたら、最後の通話は事件前日の午後十時四十二分」

見立て通り死亡推定時刻が十二時から三時までの間なら、最後の通話には重要な意味がある。

「通話の相手は菅谷《すがや》豪志《たけし》」

名前に聞き覚えがあった。

「おい、その菅谷ってのは」

「ええ。同姓同名の別人でなけりゃ、名濃バスの元社長ですよ」

名濃バスの廃業と、それに絡む社長菅谷豪志の黒い噂は榊間も聞き知っていた。いや、地元の人間なら誰しもが耳にした話だ。

中央自動車道での事故は、刑事事件としては運転手の犯行で決着がついた。しかし、民事事件としては死亡した多々良淳造という男性の遺族、及び重軽傷者八人の補償問題が残っていた。ところが被害者側が集団訴訟の準備を始めた途端に名濃バスは廃業、社長の菅谷にもさしたる資産がないため、訴訟は頓挫《とんざ》してしまった。しかし、これは民事裁判で賠償を命じられる前に、菅谷が逃げを打ったというのが大方の見方だ。

その元社長と元従業員が事件の直前に話をしている。これでアンテナに反応しないのなら、その警察官こそ廃業すべきだろう。

「二つあると言ったな」

「もう一つは生命保険です。居間の書類棚から保険証券が出てきました」

「生命保険だと?」

奇妙な話だった。後で確認を取ったが高瀬は既に妻と娘を亡くし、遺《のこ》した家族はいないはずだった。それなのに生命保険を掛けるというのは腑《ふ》に落ちない。

「重度障害保険にしても、あの年齢では条件が厳しいだろう」

「きっちり一億円の死亡保険金の契約になってます。契約の締結日は昨年の七月二十五日。名濃バスを退職した直後ですね。しかし、もっと問題なのは死亡保険金の受取人名です」

日坂が差し出した保険証券を覗《のぞ》き込む。

受取人署名欄には全く見覚えのない名前が記されていた。

2

『第二十九回静岡陸上競技大会、いよいよ女子二百メートル決勝です。1コースには東体大二年橋本詠美《はしもとえみ》がスタートラインについていますが、順位はもちろんのこと、オリンピック強化選手である橋本がどこまで参加標準記録に迫れるかにも興味が集まります。予選をご覧になった感じではどうでしょうか、黒崎《くろさき》さん』

『期待したいですねえ。予選で橋本選手は前回の選考会と同じタイムを叩《たた》き出していますから調子は右肩上がりと見ていいでしょう。表情も俄然《がぜん》引き締まっていますしね』

『目下、2コースのセシリア・モレノが本命とされていますが、橋本がどのような走りで対抗するかも見どころの一つと言えましょう。さあ、いよいよスタートの時間が近づいてきました』

樫山有希《かしやまゆき》の目は知らず知らずのうち、テレビ画面に吸い寄せられていた。その呪縛《じゅばく》を解いたのは自分の番号を呼ぶ窓口の音声だった。

か。

『二百二十五番の方、どうぞ』

未練を断ち切るようにして視線を画面から剝《は》がす。

ハローワークという場所がそう感じさせるのか、銀行で呼び出しを受けるのとはずいぶん耳触りが違う。まるで人間性も個性も無視されたように感じる。数字なのだから当然と言えば当然なのだが、それを殊更意識するのは自分に負い目があるせいなのだろうか。

三番の窓口に向かって歩く。障害を目立たせないようにしても、右足に体重を掛けた瞬間、がくりと姿勢が崩れる。窓口の男性職員は有希の右足を一瞥《いちべつ》するとそ知らぬふりで視線を元に戻すが、有希の方はその一連の仕草をストップモーションのように捉《とら》えていた。

「ええと、樫山有希さん……事務職をご希望だったね」

希望職種と右足が不自由であることを咄嗟《とっさ》に結びつけたのだろう。男性職員の表情はどこか合点のいった様子だった。足元を見られたようで当然有希は面白くないが、目の前の職員が自分の運命を握っていると考えれば仏頂面はしていられない。無理やり愛想笑いを貼りつけて向き直る。

「希望業種はスポーツ関係、ですか。うーん、通勤圏の名古屋まで範囲を拡げても、なかなかその方面での求人は見当たらんねえ」

その言葉を聞きながら、ああ予想通りだなと有希は思う。スポーツジム、体育大学のコーチ、陸上大会のスタッフ。そういう職は既に埋まっている上、供給過多になっている。ハローワークに求人票を出すような状況でないことくらい百も承知している。それでも希望を明記したのは一縷《いちる》の望みに託しているからだ。

右足を引き摺《ず》る姿と希望業種に落差があるせいか、男性職員の口調には訝《いぶか》しさも聞き取れる。有希は胸に湧き起こる黒い思いを押し殺して、相手の説明に神経を集中させる。

「希望の給料が月額十五万円……これもちょっと厳しいなあ。今は非正規社員事務職の平均が九万円を切っているんで、最初の条件はもう少し落とした方が可能性は高いと思うよ」

婉曲《えんきょく》な言い方だが、要は身の程知らずと言っているのだ。

「それに事務職は求人があまりないよ。人気のある職は離職率が低いから循環しないし」

男性職員はまるで自分が企業の人事担当であるかのように言う。言葉尻《ことばじり》にいちいち引っ掛かりを覚えるが、毎日何十人もの失業者を相手にしていると、細かな気遣いなど邪魔になってしまうものなのだろうか。

有希はちらとだけ後ろを振り返る。順番待ちの者、パソコン検索をしている者、座りきれず壁に凭《もた》れて所在なげにしている者。定年後の再就職を求める高齢者だけではない。それこそ有希のような二十代女性、下手をすれば未成年の者まで老若男女各階層がそろっている。

新政権になって景気は上向きに転じたとテレビは報じているが、ハローワークの中は未だ前政権が幅を利かせているらしい。よくよく観察すれば多少高齢でもみんな足腰は丈夫そうだ。少なくとも、自分よりは労働力として汎用性《はんよう》がある。

「昔と違って、今は外国人の労働者も多いからね。若さだけじゃどこも雇ってくれないよ。やっぱり資格の一つや二つは持ってないと。ああ、資格持ってたって楽に就職できる訳じゃないんだけど」

この就職難のさなか、失業者に過大な期待をさせてはいけないというマニュアルでもあるのだろうか、男性職員の言葉はひどく辛辣《しんらつ》で冷酷に聞こえる。それとも、自分が労働力という点で劣等感を抱いているためにそう聞こえるのか。

「とにかく登録はしておいたから、条件の合う企業がヒットしたら連絡しますけど、待ち一辺倒じゃなくて、ちょくちょく来てくださいよ。ホント、小まめに就活しないとどんどん就職口が埋まっていっちゃう。残り物に福があるなんてこと絶対にないんだからね」

新たに登録番号を刻印された書類が目の前に戻される。有希は番号を碌《ろく》に確かめもせず、クリアファイルに押し込んで席を立つ。

立ち上がった瞬間にまた鈍痛がくるぶしを襲った。ここで顔を顰《しか》めたら負けを認めるような気がしたので、表情を硬くして堪《こら》える。

出口付近に来ると、視界の隅にちらりとテレビ画面が映った。

『いやあ、橋本やりましたね。一着はなりませんでしたが、見事に参加標準記録を上回りました』

『やはり強化選手に選ばれてからタイムがぐんと伸びましたからね。どんな原石でも磨き方が悪ければ立派な宝石にはなりませんよ』

見るまいと思っても脊髄《せきずい》反射のようにテレビに目がいく。画面では橋本詠美が頭と肩を下げて呼吸を整えているところだった。

一年年下の後輩。懐かしい顔だったが、半年以上会わない間にすっかり逞《たくま》しい面構えになっていた。自分の後ろを、飼い犬のように纏《まと》わりついていたのが嘘のようだ。

詠美の顔を見ていると、胸の傷が疼《うず》いた。

本当なら、この画面には自分がいるはずだった——そう思うと、部屋中の人間が自分を嘲笑《ちょうしょう》しているような錯覚に陥った。

有希はその場から右足を引き摺りながら逃げ出す。自分がいかに価値のない人間であるかを散々見せつけられる思いだった。

クルマの中で母親の泉美《いずみ》が待っていた。有希が後部座席に滑り込むと、泉美はすぐ不満を顔に表した。どうせ母子《おやこ》で乗るなら隣に座れという意味だろうが、お断りだ。最近は泉美が何を言うか分かっているので鬱陶《うっとう》しいことこの上ない。そして付け加えるなら、たとえ母親であったとしても、この変形した足を見られることは苦痛だった。それが嫌さにここまでひとりバスで来ることを主張したのだが、恩着せがましくクルマに乗せられた。

「どうやったの」

早速、鬱陶しい質問が飛んできた。

「今日のところは登録だけ。ちょくちょく来るようにだって」

「ふうん。じゃあ、また来なあかんかね」

いったいこの母親は、最近の就職状況を理解しているのだろうか。それとも自分の身内だけは、まるでファストフードの商品のように仕事を与えられるとでも思っているのか。

「次からはバス使うから送り迎え要らないよ」

「何言っとるの、そんな足で。ええよ、就職決まるまではあたしがあんたのタクシーになってやるから」

この言い方も耳障りだった。母親をタクシー代わりにするのなら、さっさと仕事を決めてしまえと言っているのに等しい。

「早く決まるとええね」

もう何も話す気はない。バックミラーで問いかけてくる母親を無視して、有希は車窓の景色に視線を移す。

ついさっき窓口で自分がどんな扱いを受けたか詳《つまび》らかに報告したら、泉美はどんな反応を示すだろう。烈火の如く怒り狂うのか、それとも意気消沈して黙り込むのか。怒るとしたら元オリンピック強化選手の母親としてのプライドが傷つけられたからだ。黙り込むとすれば、やはり母親としてのプライドが傷つけられたからだ。どちらにしても母親をクルマに残していって正解だった。

クルマはハローワークの敷地から国道十九号線に出る。国道十九号線は馴染《なじ》み深い道路だった。中学高校ともこの近くにあったため、陸上部のランニングにはよくこの道を走ったものだ。こうして車窓から眺めているだけで、どの直線で呼吸が苦しくなり、どの交差点で膝《ひざ》に乳酸が溜《た》まったかを身体が思い出す。

そして身体の記憶が甦《よみがえ》ると、また胸が痛み出す。走ることが学生生活の全てであり、誇りであり、目的であった時代。あの頃は自分の未来はスプリンター以外に考えられなかった。こんな風に、不自由な足を引き摺りながらハローワーク通いをするなどとは想像すらしなかった。

「できたら地元の会社に決まるとええね」

泉美なりに気まずい雰囲気を和ませようとしたのか、何気なく呟《つぶや》く。

このひと言がまた癇《かん》に障った。

体育大学に進んだ時、東京が自分のホームグラウンドになった。次の舞台となる世界へのジャンピング・ボードとして希望に満ちた街になるはずだった。

だが、有希は希望の街から拒絶された。

一年前の五月、あの日に起きた出来事が全てを反転させてしまったのだ。

当時、体育大学の二年生だった有希は帰省時に新宿〜可児市を走る高速バスを利用していた。体育大学は一般大学よりも学費が高い上、寮住まいの有希は余計に金《かね》喰《く》い虫だ。せめて帰省費用くらいは節約しようと考えた上でのことだった。

ゴールデン・ウィーク明けの日曜日、東京に戻る途中の午後八時二十分。有希を含め乗客九名を乗せたバスは高井戸インターチェンジ付近の防護柵《ぼうごさく》に激突した。

最初に悲鳴を上げたのは有希の前列に座っていた女性だった。その声につられて正面を見た有希は、防護柵の継ぎ目が巨大な刃物となってバスを破砕しながら迫ってくる光景を目の当たりにした。左二列目に座っていた初老男性の身体が防護柵と座席の間で押し潰《つぶ》されていく様が、スローモーションのように見えた。あの瞬間、きっと有希も絶叫していたに違いない。

そして災厄は有希自身にも降り掛かってきた。見る間に座席と座席の間が圧縮され、危険を察知した時にはもう遅かった。

有希の右足は前の座席に挟まって抜けなくなり、その上に更なる圧力が掛かった。

ぐしゃりと右足の砕ける音が聞こえた。

ショックと激痛で時間の感覚が麻痺《まひ》する中、救急車が到着し、有希はようやく潰れた座席の間から救助された。右足を抜いた瞬間、痛みで失神するかと思った。長らく痛覚を味わったせいで朦朧《もうろう》としかけた視界に銀色の雨だけが映った。

だが、本当の最悪はその後に控えていた。

右足はくるぶしから先が完全に粉砕されていた。骨と言わず肉と言わず原形を留《とど》めていなかった。緊急手術で腰骨の一部を移植し、壊死《えし》だけはどうにか免れたが症状固定が精一杯だった。

いくら自家移植でも骨同士が完全に癒合するには時間を要する。また仮に癒合したとしても以前ほどの強度は保証されない。そして常に爆弾を抱えた状態なので全力疾走などは到底できない。

こうしてスプリンター樫山有希は死んだ。

次にリハビリの日々が待っていた。辛《つら》かったのは、リハビリの効果が日常生活への復帰以上には望めないことだった。元々、体育大学へは推薦入学だった。足の折れたスプリンターに特別待遇など不要であり、そもそもまともに走れないのであれば体育大学に籍を置くこと自体が無意味だ。

スポーツ科学に転じて学究畑に生きる方途もあったが、長年の夢を絶たれた喪失感は深く、周囲への気後れもあって有希は大学を中退した。中学から短距離しか眼中になかった有希は、いざゴールを消去されると別の道を探すことさえできなかった。

寮を引き払い、都落ちという言葉そのままに多治見市へと戻って来た。その瞬間、故郷は恥辱と失意の街と堕した。

最初、夢破れて舞い戻って来た有希に故郷は優しかった。地元のテレビ局は悲劇のヒロインとして特集まで組んでくれた。将来を嘱望されながら、不慮の事故で道を閉ざされてしまった若者──。怪我を気遣い、届けられた激励の手紙は百通を超えた。

しかし、所詮《しょせん》他人の優しさなど気紛《きまぐ》れに過ぎない。やがて実家での有希の姿が珍しくなくなると、隣近所から陰口が聞こえてきた。

オリンピックに出場できなくなったくらいで、いつまで家に籠《こも》っているのか。

多少、歩き辛いだけでずっと無為徒食を続けるつもりなのか。

どうせ世界で戦えるような成績は残せなかっただろう。あんな風にリタイアして、却《かえ》って本人はほっとしているのではないか。

地元で就職するということは、この先恥辱と失意に塗《まみ》れ続けながら生きていくということだ。それが自分にとってどれだけ辛いものなのか、母親は考えようともしない。

あの日、有希が失ったものは右足だけではない。希望も、情熱も、寛大さも失った。残されたのは絶望と、悔恨と、依怙地《いこじ》さだけだ。

高く飛んだ者ほど墜《お》ちた衝撃は大きい。明日に向かう気力は失《う》せ、鬱積《うっせき》した挫折《ざせつ》感が内部から精神を腐食させていく。就職活動にしても母親がうるさいから書類を提出しただけのことで、有希自身に確固たる就業意欲はない。

実際、家に帰るのも億劫《おっくう》だった。自室と居間を使ったリハビリには早くも限界が見えている。それでも決められたメニューをこなしていくのは、落胆に向かって進み続けることと同じだ。本音を言えば専門医の指導の下、設備の整ったリハビリセンターで機能回復に努めたいが、その費用を捻出《ねんしゅつ》できない。事故に遭った際、自賠責と任意保険で入院費は支給されたが、退院後のリハビリ費用は対象外だったのだ。名濃バスを相手取った訴訟を考えた時には、既に会社が廃業しており手も足も出なかった。

いったい、自分はどこまで運に見放されているのだろう——そんなことを考えていると、はや自宅が見えてきた。

その玄関先に見知らぬ男が立っていた。

「誰かしらね」

泉美が訝《いぶか》しげにクルマを止めると、それに気づいた男がこちらに近づいて来た。

「失礼。樫山有希さんですか」

「ええ、そうですけど……」

「多治見警察署の榊間といいます。実はお訊《き》きしたいことがありまして」

3

「だから高瀬なんて人、知らないって言ってるじゃないですか！」

「しかしですねえ、見ず知らずの人を一億円の保険金受取人にするなんて、普通それはありえないと思いますが」

当然のように疑問を呈するが、実のところ榊間自身も高瀬と有希が知己であることには懐疑的だった。

まず高瀬の携帯電話には有希の登録がなく、任意で提出してもらった有希の携帯電話にも高瀬の登録はなかった。

有希の不自由な足から、高瀬とを結ぶ線は即座に浮かんだ。昨年五月に発生した中央自動車道での高速バス衝突事故。二人は加害者側と被害者の関係だった。しかし高瀬は名濃バスの運行管理と経理担当を兼務していたが、賠償金の支払い時は間に損害保険会社が入っており、両者が顔を合わせる機会はなかったのだ。

「あなたにも本来なら後遺障害補償金が支払われるはずだったが、事故が運転手の故意によるものと判明すると保険会社は約款を盾に一部のみの支払いしか応じなかった」

「あれは本当に悔しくて……それで名濃バスを民事で訴えようとしたら、もう廃業してしまっているし……弁護士さんに相談したけれど、社長に個人資産がないから裁判に勝っても意味がないって言われて」

有希は唇を嚙《か》んでみせたが、その悔しがりようは演技に見えなかった。

死亡保険金の件があるので一応事情聴取はしているが、正直榊間にも有希が犯人とは思えない。彼女には鉄壁のアリバイがあるからだ。死亡推定時刻の十七日の前日から翌十八日にかけて、有希は両親と共に恵那《えな》市の温泉宿に逗留《とうりゅう》していた。投宿は湯治目的だったが、滞在中客室係が何度も有希の姿を目撃している。深夜に一人で行動しようにも、その時間にタクシーは拾えない。

「第一、もしわたしが憎むとしたら名濃バスの社長です。経理の人なんか関係ないじゃないですか」

榊間は有希の顔色を窺《うかが》いながら、あの事実をぶつけてみようと考える。その反応次第で彼女に対する心証が変わる可能性もある。

「あなたは名濃バス廃業後の菅谷社長がどうなったかご存じですか」

「いいえ」

「菅谷豪志は廃業の翌週、菅谷ツアーズという会社に入社しました」

「菅谷……ツアーズ？」

「菅谷社長の弟が代表取締役をしているバス会社ですよ。設立は昨年六月。不思議なことに会社が所有しているバスは、廃業した名濃バスのものがそのまま登記替えされている。いや、バスだけじゃない。会社の備品、従業員に至るまで資産と呼べるもののほとんどが新会社に移っているんです。実質的に退職した社員は高瀬さんだけでした。お分かりでしょう。名濃バスは表向き廃業しただけなんです。資産が菅谷ツアーズの名義になってしまえば、民事訴訟を起こしたとしても取られる心配はありませんからね。ついでに菅谷社長は新会社の役員にもなっていませんから、その方面で責任を問うこともできません」

「そんなことが許されるんですか」

「法律上は。おそらく事故の被害が明らかになった時点から秘密裡《ひみつり》に工作していたんでしょう」

やはり初耳だったらしい。有希は真っ赤になって怒りに震えている。

「その、経理をしていた高瀬さんはどうして新会社に就職しなかったんですか。菅谷社長から嫌われてたんですか」

「聞いた話では、経験豊富で尚且《なおか》つ有能な人材だったから菅谷社長も慰留したらしいが、本人の意志だったようですね。今となっては何故だったのか真意は不明だが」

そこまで話した時、取調室に日坂が入って来た。

「榊間さん、来客です」

「今、聴取の最中だろう」

「いや、それが本当に珍客で……今度の件で本庁の捜査一課から来たって」

警視庁捜査一課。

確かに珍客だ。しかも高瀬の事件に関与してだと？

榊間は聴取の続きを日坂に任せて取調室を出る。

刑事部屋で待っていたのは犬養隼人という男だった。すらりと背が高く、刑事にしておくにはもったいないほどの男ぶりだ。

挨拶《あいさつ》もそこそこに済ませると、榊間は単刀直入に切り出した。

「どうして本庁の一課がこの事件に関心を持ってるんですか」

「本庁の一課と言うよりはわたし個人が、と言った方が正しいでしょうね」

どうやら警視庁の意向とは全く無関係に動いているらしい。そして犬養が語り始めたバス事故の真相を聞くに至って、榊間は開いた口がしばらく塞《ふさ》がらなかった。

「それじゃあ、あの事件は高瀬の殺人教唆だったと言うんですか！」

「物的証拠は何もありません。本人の自供はありますが調書にはなっていません。よしんば調書があったとしても高瀬がやったことと言えば、指針通りの運行指示書を作成し、乗務員台帳を整備し、乗務員たちのローテーションを円滑にしたくらいです。とても殺人教唆で立件できる案件じゃありません」

「完全犯罪、という訳ですか」

「もし、そういう犯罪が存在するのなら、一番近い実例でしょうね」

俄《にわか》に信じられる話ではなかったが、他ならぬ警視庁捜査一課の刑事が明言しているのだ。信じない訳にはいかない。

そして犬養の話を信じれば高瀬に対する心証は白から黒へと反転するものの、合点する部分も生じてくる。礼島による高瀬の人物評がそれだ。人の心を読む達人、他人の欲求を知り満足させる男。そういう能力を発揮すれば、深い怨念《おんねん》を抱いた人間を操ることも不可能ではないだろう。善意をもって行えば徳となり、悪意をもって行えば毒となる。

「その高瀬昭文が殺された。つまり、それも昨年の事件に関連していると見ているんですな」

「確証はありませんが、ある事件の首謀者が殺されたら、やはり気になりませんか」

犬養の言うことはもっともだ。

「しかし、高瀬を恨むとすれば唆された乗務員か死んだ乗客の遺族ということになりますが」

「乗務員の小平真治は現在東京拘置所に勾留《こうりゅう》中。死亡した多々良淳造の遺族は、当人が掛けていた生命保険から億単位の死亡保険金を手にして今や悠々自適の生活。何より、双方とも高瀬が殺人教唆をしていたことは知る由もない」

　これもまたもっともな説明だった。

「現場検証と死体検案書、それから鑑識の報告は先ほど拝見しました。気になるのは高瀬のケータイに残っていた菅谷豪志との通話記録ですね。彼からの事情聴取は？」

「この後に予定していますが」

「よろしかったら、わたしを同席させてもらえませんか」

　重要事項を提供してくれた相手の頼みなので無下に断るのは気が引ける。しかも低姿勢ときている。榊間が申し入れれば刑事課長も二つ返事で受けてくれるだろう。

「一応、上申してみますが……しかし、どうしてそこまで肩入れされるんですか」

　すると犬養は少し困ったような顔をしてこう言った。

「それが申し訳ないんですが、自分でもよく分からんのですよ」

　初めて見る菅谷という男は赤ら顔で、でっぷりと太っていた。取調室の空調では足りないらしく、しきりに額の汗を拭《ふ》いている。

「暑いですな。官公庁の節電はいいことだが、多治見でそんなことをしていたら仕事の能率が下がると思いますよ」

高瀬の事件は新聞で知ったと言う。

「驚きましたよ。確か十六日くらいだったかな？　本人とは電話で話していますからね」

「話の内容は何だったんですか」

「何って、まあ近況報告ですよ。結局、彼だけがわたしたちと離れることになりましたからね。人好きのする男だったから皆が行く末を気にしとりました」

どうやら偽装廃業について隠すつもりはないらしい。もっとも少し調べれば分かることなので、警察相手に隠す必要もないと踏んだのだろう。

「十六日の電話はどこから掛けましたか」

「どこから？　ああ、アリバイというヤツですか。十六日は会社が終わった六時過ぎから市内で呑《の》んでたんじゃないかな。帰りは午前様になりましたが、平日はいつもそんなもんですよ。高瀬さんへの電話もどっかのスナックから掛けたような気がします」

「それを証明できるものは？　誰かが同席していたとか」

「いやあ、わたしは昔から一人呑みでして。特に行きつけの店というものも決めていないんで、ハシゴなんぞするとどこの店に寄ったかも憶《おぼ》えとりませんわ。もっとも二軒目からは酔いも回ってますから、ただでさえ記憶がありませんが」

「それは残念ですね」

「しかし刑事さん、十六日といえばもう五日も前のことでしょう。そんなことを逐一憶えておる方が不自然な気はしますけどね」

観察すればするほど計算高い目をした男だ。こういう人間はまるで呼吸するように嘘を吐く。榊間は密《ひそ》かに網を張るようにして会話を進める。

「近況報告にしては、何度か連続して話しているようですが」

「あっ。やっぱりそこまでお調べになってますか。困ったなあ。やはりお巡りさんに隠し立てはできませんな」

見ていて恥ずかしくなるくらいのとぼけようだ。

「近況報告というのも嘘ではありませんが、実際のところはヘッドハンティングの継続だったんですよ。運行管理のみならず、あんなに誠実な人柄はそうそうあるものじゃない」

「ご自宅の方には行かなかったんですか」

「いや、電話で色よい返事をもらったら改めて訪問するつもりだったんですが、生憎《あいにく》とそうはならなかったもので行きませんでしたな」

「提示された待遇面で不満でもあったんでしょうか」

「いや、そこまで具体的な話をする以前の問題ですよ。第一、わたしが給料を払う訳じゃないんだし」

成る程、新会社でも自分が裏で支配していることは明言しないという態度か。

「まあ、早くに奥さんと娘さんを亡くして独り暮らしでしたからな。私生活について語る人間ではなかったが、借金があるヤツは見ていれば分かる。高瀬さんにはそういった金銭の悩みはなかったようですな。それに元々欲のない男でした」

「お話を聞いていると、高瀬さんはまるで聖人君子のような方ですね。しかし、そんな人がどうして殺されたんでしょうね。誰か高瀬さんを恨んでいた人物に心当たりなどありませんか」

「高瀬さんを恨む？　うーん、あんなに欲のない人間を恨む輩《やから》がいるとは思えんが……歴史では高潔な偉人たちが暗殺された例も多いですからな。しかし、そういうのは思想的、政治的な思惑が暗殺の理由で、個人的な恨みがあった訳じゃない」

「つまり、高瀬さんも感情の縺《もつ》れで殺された訳ではないと？」

「あくまで希望的観測ってヤツですよ。でなきゃ世の中、善人が浮かばれん」

暗償金逃れに偽装廃業するような男の口から、善人などという言葉が出てくるのは噴飯ものだった。

すると今まで黙っていた犬養が不意に口を開いた。

「色んな方から証言をいただいていますが、皆さんが高瀬さんのことを人格者だと仰《おっしゃ》る。しかし、今あなたが指摘された通り、思想や政治が絡まない限り、人格者が殺される謂《いわ》れはありません。殺されるとしたらそれ以外の理由、たとえば金銭目的です。高瀬さんは普段から派手な生活をしていませんでしたか。犯人がその暮らしぶりを見て、凶行に走った可能性があります」

榊間は、おやと思ったが表情には出さなかった。この犬養という男は何を言い出すのだろう。記録を見たのであれば、犯行が物盗《ものと》りでないことは明白だし、生命保険の件を考慮しても関係してくるのは有希だけなのだ。

「派手な生活？　いや、高瀬さんは全然そういう人じゃなかった。とても倹《つま》しい人でね、会社に着てくるのはいつも二着で一万円のスーツ、弁当は自分でこさえたものだったし、会社の連中と呑み歩くなんてこともなかった。クルマは十年落ちのカローラ、家は築四十年の木造、仏壇に供えるのもそこらに咲いてるような花だった。とにかく何と言うか、目立つことを殊更嫌っているようなところがありましたな」

目立つのを殊更嫌うというのは、なかなかの観察眼だと思った。決して自分は目立たず、その癖、他人を観察して心の隙間に忍び込む。そして当人には自覚させないまま、思うように操る。高瀬昭文とはまさにそういう人間だった。

だが犬養は別のことを考えていたらしく、感情の読めない顔をぐいと菅谷に近づけた。

「何故、知っている」

「……は？」

「高瀬の自宅に仏壇があり、そこに野草が供えられていることを何故、知っている。あなたは自宅には行ってなかったんじゃないのか」

菅谷の顔色が変わった。

「い、以前聞いたことがあって」

犬養は相手の返事を待たずに畳み掛ける。

「私生活について語る人間じゃなかった。さっき、あなたはそう言ったはずだ」

犬養は相手の返事を待たずに畳み掛ける。獲物を捉《とら》えたが最後、爪を食い込ませて放さない鷹《たか》のようだった。

「あなたは高瀬の家を訪れたんだ。ちょうど、あのレンゲ草が仏壇に置かれていた十七日に」

「仏壇には花を供えるのが当たり前で」

「それも違う。仏壇に毎日花を供えるなら左右一対の花立てを使うのが普通だ。ところがあの仏壇には新しい一輪挿しが一瓶あるだけだった。つまり高瀬は毎日、供花していたんじゃない。一輪挿しは特別な日のために新しく買ったのさ」

「そ、そんなことが証拠になるか」

「証拠ならあるぞ」

犬養は唇の端を吊《つ》り上げる。顔が整っているだけに、唇だけで笑うと余計に凄《すご》みが増す。

「菅谷さん、多治見というところは本当に暑いね。そして、どうやらあんたは人一倍汗っ掻《か》きらしい」

犬養は机の一点を指差した。そこには菅谷の顔面から滴り落ちた水滴があった。

「犯行現場であなたは自分の手が触れた箇所を小まめに拭き取っていった。だが、さすがに床一面の拭き掃除をする余裕はなかったろう？　部屋のエアコンは切れていた。高瀬の指紋しか残っていなかったから、あなたが部屋にいた時からもう切れていたんだ。さぞかし暑かっただろう。きっと今みたいに盛んに汗を掻いていたはずだ。一滴二滴は床に落ちなかったか？　いや、それよりも足の裏はどうだった？　鑑識は床に付着していた汗から二種類のＤＮＡを検出した。一個は高瀬のものだ。残る一個のＤＮＡ、あなたの汗と照合してみようか？」

榊間は呆《あき》れながら聞いていた。出まかせもいいところだ。鑑識からそんな報告は一切上がっていない。

だが菅谷の方は犬養の術中に完全に嵌《は》まったようだった。顎《あご》を小刻みに上下させながら喘《あえ》ぎ始めている。

「あなた、高瀬に脅迫されてたんだろう」

そのひと言が決め手となった。菅谷は表情を弛緩《しかん》させると、がっくり肩を落とした。

菅谷はぽつりぽつりと語り始めた。

名濃バスを廃業する際、菅谷には相当な額の個人資産があった。隠匿しなければ、いずれ菅谷個人に賠償請求がきた時に取られてしまう。そこで菅谷は経理担当の高瀬と共に資産隠しに奔走した。現金を無記名債券に換える一方、架空の借入で負債を作るというやり口だ。

保険会社も裁判所も騙《だま》し果《おお》すことができ、菅谷が安堵《あんど》した頃、高瀬から連絡が入った。隠し財産の件を洗いざらい警察とマスコミに公表するというのだ。

「最初、俺はカネで解決しようと思った。それが高瀬の目的だと思ったからだ。だが、あの男はカネなんか要らないと言った。とにかく悪事を見過ごす訳にはいかない。哀れな被害者を放っておけないとか綺麗《きれい》事を並べ立てて、こちらの言うことに全然耳を貸さない。挙句の果てには、俺のことを鬼畜扱いしやがって……話しているうちにむかむかしてきた。こいつの口を永遠に塞《ふさ》がなけりゃ俺は終わりだと思った。テーブルの上に包丁が置いてあった。それから先はあまりよく憶えとらん。気がついたら後ろからあいつを刺しとった。急に怖くなった。それで、慌てて指紋だけ拭《ふ》き取って逃げ出したんだ」

4

「お前のお蔭《かげ》で真相を究明できた」

『いいけどさ、あんなことで犯人が分かっちゃうもんなの？』

「俺にだって知らないことがある。いや、知らないことの方が圧倒的に多い。とにかくお前が教えてくれたんだ。有難うな」

『……うん』

電話の向こう側で、はにかむ沙耶香の顔が見えるようだった。

携帯電話を閉じて空を見上げると、抜けるような青がどこまでも広がっている。

菅谷を検察庁に送検して二週間後、犬養は榊間を伴って龍川村の墓地に来ていた。

高瀬の亡骸《なきがら》を故郷に眠る家族の許《もと》に返してやりたい――礼島たちの申し出はすんなりと聞き入れられた。〈高瀬家代々之墓〉と彫られた墓石の下で、高瀬は妻や娘と再会しているはずだった。

連休中に墓参する者もいるのだろう。他の墓にも新たな献花や、線香の煙が立っている。

犬養は墓地の周辺から摘み集めたレンゲ草の束を墓石の上に置いた。

「ああ、そういえば自宅の仏壇にも供えられていましたね」

「ええ。あの供花には高瀬なりの意味があった。だからわざわざ、そのための一輪挿しを購入したんです」

「しかし殺されたのでは浮かばれんでしょうね」

「違いますよ、榊間さん。殺されたんじゃない」

犬養は頭を振った。

「あれは自殺です」

「何を言い出すんです」

榊間は合わせていた手を解いた。

「あれが他殺だってことは、犬養さん自身が菅谷から供述を取ったんじゃありませんか」

「表面上はもちろんそうですよ。菅谷の供述にも虚偽はないでしょう」

「だったら」

「しかし、それでも腑《ふ》に落ちない点が一つ。エアコンのスイッチが予《あらかじ》め切られていたことです。仮に訪問相手が誰にせよ、あの熱帯夜でどうして空調を入れなかったのか？　それは高瀬自身がもう空調は不要だと思っていたからです。つまり高瀬は、わざと菅谷に殺された。いや、自分を殺させるように仕向けたんですよ。第一、凶器となった包丁がテーブルの上に出しっ放しになっていたというのも不自然です。それも、かっとなった菅谷を凶行に誘うための装置でした」

「そんな簡単に人の心を操るなんて……」

言いかけて榊間は口を噤《つぐ》んだ。

「そうです。あの高瀬という男はそういうことのできる人間でした。菅谷の供述にもあったじゃありませんか。話をしているうちに殺意が湧いてきたと。他人を容易《たやす》く慰めたり鼓舞できる人間は、その逆もまた容易にやってのけます。高瀬はバス事故を起こした乗務員に対してやったことを、もう一度再現させたんですよ」

「しかし、何だってそんな手間のかかることを。自殺したいのなら、それこそ自分で手首を切るなり首を吊るなりすればいい」

「免責期間ですよ。高瀬が生命保険の契約をしたのが昨年の七月二十五日。まだ免責期間を経過していないので、今自殺したら保険金が下りない」

「まさか……それが動機なんですか」

犬養は静かに頷《うなず》いた。

今となれば高瀬の心理の一端が分かる。高速バスの事件を成功させた後、高瀬は己が鬼畜に堕《お》ちたと自覚した。そしてその直後、地元のニュースで樫山有希の現在を知ったのだ。

オリンピック出場を夢見、陸上競技に人生を賭《か》けてきた少女。その足と希望を奪い、奈落《ならく》の底に突き落とした張本人は他ならぬ自分なのだ。しかも有希は経済的理由で満足なリハビリもできないという。

だから高瀬は有希を受取人とする生命保険を掛けた。それが鬼畜にまで成り果てた男にできる精一杯の贖罪《しょくざい》だったのだ。自分を殺してくれる犯人はきっと誰でも良かった。ただ菅谷に白羽の矢が立ったのは、高瀬が菅谷の弱みを握っていたからに過ぎない。

「あの日、仏壇に珍しく献花したのは高瀬なりの覚悟の顕《あらわ》れだったんでしょうか……しかし、どうしてレンゲ草なんですかね」

「ああ、それはわたしにも分かりませんでしたが、ついさっき教えてもらいました」

「教えてもらった？　誰に、ですか」

「娘にですよ。離婚してからはずっと別居でしてね。長らく碌《ろく》に口も利いてくれなかったが、最近やっと捜査協力くらいはしてくれるようになりました。今回、レンゲ草の花言葉は何だって訊《き》いたんです」

「花言葉」

「レンゲ草の花言葉は〈わたしの苦しみを和らげる〉だそうです」

きっと、高瀬も陥れた者に対しての罪悪感に苛《さいな》まれていたのだろう。

いや、そうとでも思わなければあまりにやりきれない。

最近はこんな風に、犯人に対して良心の呵責《かしゃく》を期待するようになった。沙耶香との距離が縮まったことと決して無関係ではないだろう。自分以外の人間の心を知り、共有していく。それは人を追い、その手に手錠を掛ける者にも不可欠な条件なのかも知れない。

線香に点《つ》けた火が消えると、真っ直ぐ細い煙が立ち上った。

犬養は改めて両手を合わせた。

解説

宇田川拓也（ときわ書房本店）

中山七里の〝ツイスト&シャウト〟の凄《すご》みを味わうなら、この『七色の毒　刑事犬養隼人』は絶対に読み逃してはならない――。

などと、さも作風の根底にリズム&ブルースやビートルズ的な〝なにか〟が流れているかのように書き出してしまったが、そもそものデビュー作が『さよならドビュッシー』（宝島社文庫）である。わざわざ断るまでもなく、そうした意味で述べたわけではない。

ここでいう〝ツイスト〟とは、読者の裏をかく意外性や威力抜群のサプライズを重要視する中山作品に欠かせない〝どんでん返し〟のことだ。そして〝シャウト〟とは、臆《おく》することなく社会問題や業界のタブーに切り込み、扱いの難しい題材を率先して採り上げる〝攻め〟の姿勢と、ネタの出し惜しみをせず、アイデアを盛り込まずにはいられない旺盛《おうせい》なサービス精神のことである。

どんな女性でも騙《だま》せそうなほど整った顔立ちながら逆に騙されてばかりで、周りから〝無駄に男前の犬養〟などと揶揄《やゆ》されているが、男の嘘は百発百中で見抜く警視庁捜査一課刑事――犬養隼人。彼を主人公とするシリーズ第一弾『切り裂きジャックの告白　刑事犬養隼人』は、あの十九世紀ロンドンの殺人鬼〝切り裂きジャック〟が現代に甦《よみがえ》ったかのような連続猟奇殺人を通じて、臓器移植の在り方や医療倫理を問い、終盤で怒濤《どとう》の連続どんでん返しが炸裂《さくれつ》する圧巻の長編だったが、続く本作は一転して、〝色〟にまつわる七つの短編を収めた連作集である。

とはいえ、スピンオフやサブストーリーを集めた、シリーズの〝箸休《はしやす》め〟的な作品と勘違いしてはならない。七話すべてにあの手この手のツイストがいくつも仕掛けられ、人間が心の奥底に宿す――あるいは図らずも宿してしまった様々な〝毒〟が、つぎからつぎへと意表を突く形で顕《あら》わにされ、終始目を見張らずにはいられない。繰り出される技巧の冴《さ》え、読者を襲う驚きの回数、扱われるテーマの多彩さで前作を凌駕《りょうが》する、極めて完成度の高い傑作なのである。

中山七里作品では、実際に起こった事件や出来事を想起させることで、読み手をより物語に引き込む手法がしばしば採られるが、本作にも同じ趣向を凝らした話が複数収録されているので、まずはそれらから触れていくとしよう。

第一話「赤い水」（小説　野性時代　二〇一二年七月号初出）は、中央自動車道で発生した高速バスの事故が発端となる一編。運転手の居眠りが原因で防護柵《ぼうごさく》に激突し、死傷者を出したこの惨事に、犬養は〝ある疑惑〟を抱くのだが、ここで、「ん？」と思われた方は、おそらく警察小説をよくお読みの方に違いない。というのも、改めていうが、犬養は捜査一課の刑事である。つまり、殺人、強盗、暴行、傷害といった事案が専門であり、本来こうした交通事故は管轄外だ。にもかかわらず、犬養が捜査一課の刑事として捜査にあたる必然性が、どこで、どのように生じるのか——といった意外性の演出も大きな読みどころのひとつ。もちろんこの一話目から、持ち味の〝ツイスト&シャウト〟は全開だ。短い紙幅のなかに複数のテーマを手際よく織り込み、サプライズを重ね、事件の元凶となった〝赤い水〟を強く印象づける手腕には舌を巻くしかない。

第二話「黒いハト」（小説 野性時代 二〇一二年十二月号初出）は、陰湿なイジメによる中学生の飛び降り自殺が題材。学校側が自殺を事故として隠蔽《いんぺい》しようとするなか、犬養は親友を救えなかったと悔やむ正義感の強い男子生徒から、イジメの実態と学校を蝕《むしば》むものの正体を訊《き》き出していく。命を軽んじ、自己保身のためならどんな卑劣な手段にでも走ろうとする教育者らの浅ましい姿には心が冷え冷えとするばかりだが、最後に犬養がたどり着く真相の強烈なブラックさは、収録作のなかでもとくに忘れがたい。

本屋の店員である私にとって、収録作中どころか中山作品のなかでもとくに問題作だと思っているのが、第三話「白い原稿」（小説 野性時代 二〇一三年二月号初出）。夏の朝、つい最近まで話題を集めていた芸能人が公園脇のベンチで死体となって発見されるのだが、この被害者の経歴が——児童書に強い出版社主催の新人文学賞を受賞し、たちまちミリオンセラーを記録するも、その拙《つたな》い内容からヤラセ疑惑が持ち上がり……とい

う から心当たりがありすぎて仰《の》け反《ぞ》ってしまう（この怖いもの知らずぶりは、ある意味どんな〝どんでん返し〟よりもスゴイかも）。新人賞、出版社、書店など、それぞれの角度から業界の内幕に迫った興味深い一編だが、犬養が真犯人の前で思い至るラスト一行の言葉には、胸の奥に隠していた秘密を冷たい針でチクリと突かれたような気分になる。

ひとつ跨《また》いで、第五話「緑園の主」（小説 野性時代 二〇一三年四月号初出）は、年老いたホームレスを何度も襲撃していた中学生が何者かに毒殺される事件に犬養が挑む。優等生を演じる凶悪な少年と植物を愛する貧しい老人という対極の存在を配置し、超高齢社会に突入した日本で日々増殖する〝毒〟と、それによって静かに追い詰められていく高齢者の実状を浮き彫りにしていく。ラスト三ページで事件の構図が反転し、ついに明かされる切実極まりない真の動機には、心を激しく揺さぶられることだろう。いま読まれるべき社会派ミステリーとして、屈指の出来栄えといえる。

こうした実際にあった事件や出来事を想起させる物語は、読み手にイメージを持たせやすい反面、扱いに慎重さが求められるものだ。けれども、中山七里は怯《ひる》むことなく切れ味鋭い物語を構築し、目の覚めるようなツイストを繰り返しながら、その〝毒〟はもっと強力な猛毒のほんの一角ではないのか？　刑法に反するから〝毒〟だと断じるのが正しいのか？　あなたが当事者ならこれと同じ〝毒〟を抱かなかったか？　と、何度も問い掛けてくる。無関心を決め込んで世間から目を逸《そ》らしたり、報道を見聞きしただけで〝答え〟を得たような気になっていると、たちまち慢心を見抜かれ、横っ面を張り飛ばされるような威力が、いずれの作品にも備わっている。

続いて触れるのは、目の前に描かれていた景色がガラリと変わる反転度のとくに強い二作品だ。

第四話「青い魚」（小説 野性時代 二〇一三年三月号初出）は、色恋沙汰《ざた》にまったく縁のなかった孤独な中年釣具店主に訪れた遅い春を描いた、一見もっともミステリーらしからぬ一編。最後の最後、まさかの展開により幕が下りた——と思った先に待ち受ける一撃は、シンプルなだけに決まった瞬間の衝撃度も大きい。作中で語られる〝青〟の意味とはまたべつに、人間としての未熟さ——青さが生んだ毒、という捉《とら》え方もできるだろうか。

中山七里が島田荘司のサイン会参加を機に一念発起し、デビューに向けて動き出したことはファンの間では有名な話だが、そんな島田作品の奇想を彷彿《ほうふつ》とさせるのが、第六話「黄色いリボン」（小説 野性時代 二〇一三年五月号掲載）。女装癖のある少年のもとに自身が演じる架空の少女——ミチル宛《あて》の手紙が届いたことをきっかけに、ミチルに身体を乗っ取られ、世界が一変してしまう恐怖に怯《おび》える少年の目の前で、ついにそのときを告げるがごとく空が黄色く染まり始め……。という、なんとも幻想的な絵柄の下から、このようなリアルな〝毒〟が現れるとは、だれにも予想できないだろう。

そして最後に残った第七話「紫の供花」（単行本時書き下ろし）は、ある収録作の後日談的なエピソードとなっている。充分にお愉《たの》しみいただくためにも、ここで多くを語る愚は避けておくとしよう。

〈刑事犬養隼人〉シリーズは、個性的な主人公を配したサスペンスフルな警察小説という外観に、〝社会派〟と〝本格〟両方のミステリー的な面白さをたっぷりと詰め込んでいるのが特徴だ。これら三つのジャンルが持つ魅力をひとつに収め、持ち味の〝ツイスト&シャウト〟を最大限に活《い》かすには、当然ながら相応のページ数を費やさねばならない。つまり、このシリーズのフォーマットは元々長編向きといえる。

ところが信じられないことに中山七里は、様々な要素や魅力を物語に盛り込む能力と同じくらい卓越した、抜群のカッティング技術をも有していた。シリーズのフォーマットを崩さず、ジャンルの魅力を損なわず、大きな驚きと鋭い提言を精製した本作は、まだあまり知られていないこの技量を存分に味わえる点で、他の長編作品群と一線を画す特別な一冊といえる。

だから、最後に繰り返す。中山七里の〝ツイスト&シャウト〟の凄みを味わうなら、この『七色の毒　刑事犬養隼人』は絶対に読み逃してはならない――と。

本書は二〇一三年七月に小社より刊行された単行本『七色の毒』を改題し文庫化したものです。

本書収録作品に、現在とは異なる名称や事実関係が出てきますが、それぞれ単行本刊行時のものです。

この作品はフィクションです。実在の個人、団体とは一切関係ありません。

七《なな》色《いろ》の毒《どく》

刑事《けいじ》犬養《いぬかい》隼人《はやと》

中山《なかやま》七里《しちり》

平成27年 1月25日 初版発行
令和7年 6月25日 40版発行

発行者●山下直久

発行●株式会社KADOKAWA
〒102-8177 東京都千代田区富士見2-13-3
電話 0570-002-301(ナビダイヤル)

角川文庫 18969

印刷所●株式会社KADOKAWA
製本所●株式会社KADOKAWA

表紙画●和田三造

ISBN978-4-04-102046-3 C0193

◆◇◇

角川文庫発刊に際して

角川源義

第二次世界大戦の敗北は、軍事力の敗北であった以上に、私たちの若い文化力の敗退であった。私たちの文化が戦争に対して如何に無力であり、単なるあだ花に過ぎなかったかを、私たちは身を以て体験し痛感した。西洋近代文化の摂取にとって、明治以後八十年の歳月は決して短かすぎたとは言えない。にもかかわらず、近代文化の伝統を確立し、自由な批判と柔軟な良識に富む文化層として自らを形成することに私たちは失敗して来た。そしてこれは、各層への文化の普及滲透を任務とする出版人の責任でもあった。

一九四五年以来、私たちは再び振出しに戻り、第一歩から踏み出すことを余儀なくされた。これは大きな不幸ではあるが、反面、これまでの混沌・未熟・歪曲の中にあった我が国の文化に秩序と確たる基礎を齎らすためには絶好の機会でもある。角川書店は、このような祖国の文化的危機にあたり、微力をも顧みず再建の礎石たるべき抱負と決意とをもって出発したが、ここに創立以来の念願を果すべく角川文庫を発刊する。これまで刊行されたあらゆる全集叢書文庫類の長所と短所とを検討し、古今東西の不朽の典籍を、良心的編集のもとに、廉価に、そして書架にふさわしい美本として、多くのひとびとに提供しようとする。しかし私たちは徒らに百科全書的な知識のジレッタントを作ることを目的とせず、あくまで祖国の文化に秩序と再建への道を示し、この文庫を角川書店の栄ある事業として、今後永久に継続発展せしめ、学芸と教養との殿堂として大成せんことを期したい。多くの読書子の愛情ある忠言と支持とによって、この希望と抱負とを完遂せしめられんことを願う。

一九四九年五月三日